告白予行練習

東京サマーセッション

原案／ HoneyWorks

著／香坂茉里

22318

角川ビーンズ文庫

CONTENTS [もくじ]

本文イラスト／島陰涙亜

君に届けたいメッセージ
Haruki
Miou

君に届けたいメッセージ

カーテンを閉め切っているアパートの一室で、春輝《はるき》はパソコンの画面を見つめたままマグカップに手を伸《の》ばす。

口に運んだけれど、コーヒーはもう残っていない。立ち上がってキッチンに向かうのも面倒《めんどう》で、ため息と一緒《いっしょ》に机に戻《もど》した。

そのカップに横からコーヒーが注がれたものだから、軽く驚《おどろ》いて振《ふ》り向く。

コーヒーの香《かお》りと湯気が立っているサーバーを手に、そばに立っていたのはエリック・グリーンだ。

背は春輝よりも高く、短い栗色《くりいろ》の髪《かみ》は癖《くせ》のせいでクルッとカールしていた。楕円《だえん》形の眼鏡《めがね》がよく似合っている。

高校を卒業して二年、春輝は今、留学先のアメリカで映画専門の学校に通いながら勉強していた。エリックはその同じ学校に通っている友人で、ルームメイトだ。

「ノックしたんだけど、気づかなかったようだから」

彼は弁解するように言いながら肩《かた》をすくめる。

「あっ、いや……悪い。ちょっと考え事をしてた」

春輝はそう言って、カップを手に取った。

エリックのいれてくれるコーヒーはいつも濃《こ》くて、一口すると苦みが口の中に広がる。

集中力が切れてしまい、ふっと息を吐《は》きながら椅子《いす》の背にもたれた。

「春輝は部屋にこもりすぎだよ。たまには外に出て、気分転換《てんかん》でもしたらどうだ？」

机に寄りかかるようにしながら、エリックがチラッと作業途中《とちゅう》の画面に視線を向ける。

「きりのいいところまでやったら、そうする」

そう答えたけれど、実はこの二時間ほど作業はほとんど進んでいない。

来週までにショートフィルムを一本完成させて提出する課題が出されているが、どうしても思ったものにならない。正直に言えば、煮詰《につ》まっているという状況《じょうきょう》だ。

このアパートで一緒に暮らすようになって二年目の彼には、そんなところもすっかり見透《みす》かされているのだろう。

エリックは少しのあいだ、サーバーの中に残ったコーヒーをゆっくりと傾《かたむ》けながら、言葉を慎重《しんちょう》に選ぶように黙《だま》っていた。すぐに部屋を出て行かないところを見ると、話があるのだろう。

彼は顔をあげると、春輝に視線を向けた。

「もしかして、先生に言われたこと、まだ気にしていたりする？」

「そういうわけじゃない」

　カップに視線を落としたまま、呟《つぶや》くように答える。


『君は、少々こだわりが強すぎる。時にはまわりと歩調を合わせることも必要なスキルだよ』

　ディスカッションの時、講師に言われたことを思い出して苦い顔になった。

（わかってるんだよ、そんなこと……）

　納得《なっとく》のいくものを作るためには、妥協《だきょう》はできない。それは、自分が作りたいものに対する絶対の自信があるから。けれど、その自信も最近、揺《ゆ》らぐことが多くなっている。

　今もそうだ。『これがベスト』と思いながら撮《と》ったはずなのに、後で見直してみると全然ダメで、思い描《えが》いた通りのものにならない。手を加えれば加えるほど、イメージが崩《くず》れていってひどいものになっていく。その繰《く》り返しだ。

（これって、やっぱ……スランプって言うんだよな？）

　その事実から目をそらし続けてきたけれど、いよいよ認めなくてはいけないだろう。自分の不調は、自分が一番よくわかっている。

顔をしかめていた春輝は、視線を感じて横を向いた。

ジッとこちらを見ていたエリックが、「もう一杯《ぱい》、いる？」とサーバーを軽くあげてみせた。

「いや、いい」

軽く手を振って断ってからカップを置き、両手を頭の後ろにやる。

「やっぱり、俺って才能ないのかもな……」

そんな弱気な言葉が、口からこぼれた。

高校生だった頃《ころ》は、そんなことは考えたこともなかった。考えなくても、自分が思うままに没頭《ぼっとう》してやっていれば、『それなり』のものが作れていたからだ。

時間と手間を惜《お》しまず、妥協しなければ、納得するものは必ずできあがる。そう信じていたし、実際、映画研究部の優《ゆう》や蒼太《そうた》と一緒に作っていたものはいい作品になったと思っている。

「才能があるって一瞬《いっしゅん》でも信じられるだけでも、十分すごいことだと思うけどね。僕のような生まれながらの凡人《ぼんじん》にしてみれば」

からかうように言ってくるエリックを、呆《あき》れた目で見る。

（なにが凡人だよ……）

エリックは映画監督《かんとく》を目指す春輝とは違《ちが》い、脚本《きゃくほん》科の生徒だ。

学生の時に何度も脚本の賞を獲《と》っていて、学内でもかなり注目されている。実際、春輝もエリックの脚本を読んだ時には大きな衝撃《しょうげき》を受けた。

入学してまだ一月《ひとつき》と経《た》っていない時だ。その頃は、まだエリックのことを知らなくて、会ったこともなかった。講師から『君の感想を聞かせて欲しくてね』と渡《わた》されたのが彼の書いた脚本だった。

読んだその日のうちに、春輝は脚本科のクラスに足を運んでいた。どうしても、一度書いた本人に会ってみたくて。

すぐに意気投合し、今ではこうしてアパートの部屋をシェアする仲だ。正しくは、エリックが転がり込んできて、いつの間にか勝手に住むようになっていたのだが――。

「僕は君がコンペで賞を獲った作品を見て、雷《かみなり》に打たれたみたいな気持ちになった。すごいやつがいるんだなって……君に才能がないなんてこと、あるもんか」

「じゃ、才能が涸《か》れたのかもな」

つい皮肉っぽい口調になる。机に肘《ひじ》をついて頬杖《ほおづえ》をつき、編集作業の続きに戻る。

今は口を開いても、あまり前向きな言葉は出そうにない。

（世の中に、才能があるやつなんて山ほどいるんだよな……）

まわりは才能あふれる、同じ夢を持った仲間ばかりで、彼らと学ぶことは刺激《しげき》になるし勉強にもなる。留学を決めたのも、そんな環境《かんきょう》を求めてのことだ。

ここは春輝にとって、望んだ場所のはずだった。

けれど、実際には自分の未熟さや、視野の狭《せま》さ、技術不足、能力不足ばかり目についてしまって、焦《あせ》る気持ちのほうが日に日に大きくなっていく。

（そういえば、高校三年の時、早坂《はやさか》も同じようなことで悩《なや》んでたよな……）

彼女が美大の受験のために毎日遅《おそ》くまで学校に残り、デッサンの勉強をしていた時のことだ。

美術室で彼女が急に泣き出すから、びっくりして、問いかけられたことにどう答えればいいのかわからなかった。

あの時、夢を追うことが『こわい』と言った彼女の気持ちが、今なら理解できる気がする。

「自信家の君らしくない。それ、本気で言っているのだとしたら相当に気が滅入《めい》っている証拠《しょうこ》だよ。今すぐにベッドに直行するべきだ」

エリックはそう言って、すっかり物置と化しているベッドに指を向ける。

「俺はべつに自信家なんかじゃないって……」

まわりの人たちには、なぜかそう言われることが多いだけだ。

（迷ってばかりだったら、映画は完成なんてしないだろ……）

決めなくてはいけないことを、その都度必要に応じて決めてきただけ。ただ、それだけのことだ。その決断に迷いがなかったわけではない。むしろ逆で、迷ってばかりいた気がする。ただ、その迷いを口にしなかっただけだ。

（美桜《みおう》のことだって……）

それは二年経った今も、心に引っかかり続けている問題だ。今でも、あの時どうすることが正解だったのかわからずにいる。

（どうしようもないことなのにな……）

春輝は視線を下げると、密《ひそ》かにため息を吐《つ》いた。

思い出すのは朗《ほが》らかな彼女の笑顔《えがお》だ。泣かせたくないと思いながら、けっきょく、泣かせてしまった。それは今も、鈍《にぶ》い痛みとなって胸の奥に残り続けている。

大切なものを置き去りにしてまで、夢中で追いかけてきた夢のはずなのに――。

「君には休息と、気分転換と、うまい食事と……素敵《すてき》なガールフレンドが必要だと思うね」

「最後のだけは余計だ。けど……それ以外は認める」

「そういえば、ロイの家でこれからピザパーティーをするから来ないかってお誘《さそ》いがきてるんだけど、春輝はどうする？」

「いーや、やめとく。絶対、今日中に帰ってこられなくなるだろ」

「じゃあ、ピザが余っていたら、もらって帰ってくるとしよう」

エリックは笑ってポンッと春輝の肩《かた》を叩《たた》くと、サーバーを残して部屋を出ていった。

ドアが閉まる音を聞きながら、春輝はマグカップを口に運ぶ。その手をおろすと、雑誌や本の上に置かれている古いカメラに目をやった。

しっかりしろと言われているような気がして、「わかってるって……」と呟く。

「咲《さく》兄なら、『井《い》の中《なか》の蛙《かわず》』とか絶対言うだろうな……」

兄の同級生で、高校時代の担任であり、映画研究部の顧問《こもん》だった明智《あけち》咲の顔が浮《う》かんできて、苦笑《くしょう》する。

泣き言を言っていても、解決できる問題なんて一つもない。

これは自分が選んだ『最善』の道だ――。

三月初めの晴れた日、春輝はチームのみんなと一緒《いっしょ》に朝から公園に来ていた。機材を持ち込んで、今日一日、この場所で課題のショートフィルムの撮影《さつえい》を行うことになっている。

平日ということもあり、それほど人は多くない。散歩中の親子連れやジョギングをしている老夫婦《ふうふ》がいるくらいだった。

昼休憩《きゅうけい》に入り、みんなはそれぞれ集まってランチを食べ始めたけれど、春輝は一人離《はな》れ、ピンク色の花びらを散らしている桜の木のもとへ歩いていく。

アメリカでも桜は見られるのだと知ったのは、二年前。この街に初めてきた時だった。街角で咲《さ》いていた花が目にとまり、それだけのことで急に知らない街の光景がなじみ深いもののように思えた。

学校で咲いていた桜の花びらはもっと薄《うす》いピンク色だ。透《す》けるような淡《あわ》い色の。けれど、この街で見られる桜はもう少し色が濃《こ》く、パッと目につく。それでも、桜には違いないだろう。

フワッと落ちてきた花びらを、手で受けとる。

(美桜、どうしてるんだろうな……)

毎年、同じことを考えていると気づいて苦笑がもれる。

ベンチに集まっているチームのみんなが、賑《にぎ》やかな声をあげていた。

「春輝ーっ、コーヒーはいってるよー?」

「うわっ、うまそーっ。どこの店のサンド?」

「失礼ね！　私たちが作ったに決まってるでしょ！」

「あー、じゃあ、俺こっちのフライドチキンだけでいいや」

「もう、あんたには食べさせないからね！」

「冗談《じょうだん》、冗談！」

　そんな話をしながら、笑い合っている。

　仲間にも恵《めぐ》まれて、毎日賑やかだ。みんなと一緒にいることは楽しい。

（なのに、なんでだろうな……）

　胸の奥に、熱が宿らない。

　映画制作がつまらないのではない。

　撮《と》りたいものが見えてこない。

（やっぱり、こだわりすぎてんのかな）

　講師に言われたことも一理あるのだろう。

　花びらを手の中にそっと包む。

　真剣《しんけん》にやればやるほど、楽しさが遠ざかっていくのはなぜだろう。高校の時には、なんでも撮れる気がしていたのに。その幅《はば》がどんどん狭《せば》まっていく気がする。

（俺、なにが撮りたくてこの道を目指したんだろうな……）

今の自分はなにが撮りたいのだろう。

なにを作品に込めたいのだろう。

それを繰《く》り返し考えている。

同じ場所をグルグルとまわっているような気分だった。

出口が見えない。そもそも、出口があるのだろうか——。


「春輝ーっ!!」

元気のいい声に呼ばれて顔をあげると、ポニーテールの女子が手を振《ふ》っていた。アンシー・オルソンは、ＣＧクリエイターを目指している映像・技術科の生徒だ。そのそばで、エリックがポットからカップにコーヒーを注いでいる。

春輝は「まぁ、考えたってどうにもなんねーな」とこぼして、足の向きを変える。

手をひらくと、閉じ込められていた花びらを風がさらっていった。

それが道路のほうに飛んでいくのを見送ってから、春輝は気持ちを切り替《か》えるように息を吐《は》いた。

「春輝のぶんのサンドだよ！　あっ、これ、私が作ったんだからね！」

アンシーは胸を張って言うと、「はい」と紙に包んであるサンドイッチを渡《わた》してくる。

「サンキューッ」

他《ほか》のみんなは立ったまま、ワイワイと話をしながらサンドイッチを頰張《ほおば》っていた。

「このサンド、野菜しか入ってねーじゃん！」

不満そうに声をあげる男子たちを、アンシーが腰《こし》に手をあてながら「なによ、文句ある⁉」と睨《にら》みつける。

「いや、すげーうまい野菜と、パンだよ」

男子が怯《ひる》むように答えると、「あははっ」と笑い声が広がった。

春輝は紙の包みを半分開く。

（ほんと、野菜……だな）

ソフトバゲットのあいだから覗《のぞ》いているのはトマトとキュウリとレタスとタマネギだ。食べてみると、ピリッとした甘辛《あまから》いソースの味がした。

アンシーがジッと見ていることに気づいて、春輝は「ん？」と彼女を見た。

「それ……どう⁉」

グイッと身を乗り出すようにして、真剣な顔できいてくる。

「えっ……うまいけど……」

そう答えると、彼女は胸に手をやって「よかったー！」と笑顔《えがお》になる。

「この前のバジルソースのサンドもうまかったけど」

「ほんとに!?　どっちが好き!?　あっ、春輝的にはだよ」

「んー……こっち、だな」

食べかけのサンドを見て答えると、アンシーは急にパチンと指を鳴らして、「そう思ったんだ～」と独り言をもらす。

「アンシーって、サンドイッチにこだわりがあるんだな」

春輝が言うと、横でコーヒーをいれていたエリックが、「グフッ」と喉《のど》を詰《つ》まらせたような声をもらした。

「春輝、それはないって」

むせるように笑いながらポンポンと背中を叩《たた》かれて、春輝は「なんでだよ？」と首をひねる。

（べつに、悪いこと言ってないだろ？）

「アンシー、そうがっかりすることないって。春輝の頭の中には映画のことしか詰まっていないんだ。僕としてはオリーブの入ったレモン風味のサンドが最高だったと思うよ？」

エリックは春輝の肩《かた》に肘《ひじ》を引っかけながら笑ってみせる。

「エリックの好みなんてきいてないよ！　それと、余計なことしゃべったら絶交だから！」

「あー……それはけっこう一大事だ。余計なことを言いたくならないように細心の注意を払《はら》うとしよう」

「それが賢明《けんめい》だわね。自分のために！」

彼女はプイッとそっぽを向くと、そばを離れて女子たちの輪に加わった。

こっちを見ながら肩をすくめているから、自分たちのことを話題にしているのだろう。まわりの女子たちは、クスクス笑っている。

「……なんなんだ？」

「君は映画のことはよくわかっているけれど、自分のことになるとさっぱりだって話だよ」

エリックが「はい」と、カップを差し出してきた。

「意味がわかんねーよ。サンドイッチの話だろ？」

「まあ、そうとも言えるし、そうじゃないとも言える」

ニカッと笑うと、彼は自分のカップを口に運ぶ。

午後からも、引き続き撮影《さつえい》が行われた。池のほとりで二人が言い合いをするシーンだ。

カメラのそばにしゃがんで、春輝はその様子をジッと見ていた。

泣きながら青年の頬《ほお》を引っぱたく女性。その一瞬《いっしゅん》、風が強く吹《ふ》いて、桜の花びらがいっせいに散る。それにハッとして、「カット！」と声をあげた。


撮影が終わり、機材を片付けて学校を出たのは、九時過ぎだった。日暮れから雨が降り出し、アスファルトにたまった水たまりに店や信号機の灯《あか》りが映っている。

エリックに誘《さそ》われて入ったのは、アパート近くのファーストフード店だ。

客はほとんどいなくて、ラジオの音が店内に響《ひび》いていた。

窓際《まどぎわ》の席に座った春輝がテーブルに突《つ》っ伏《ぷ》していると、エリックが『やれやれ』というように口を開く。

「なにを凹《へこ》んでるんだ？　最高のシーンが撮れたってのに」

「だからだ……」

春輝は答えてから、のそっと頭を起こした。

「謙虚《けんきょ》すぎるのもほどほどにしておかないと、嫌《いや》みにとられるぞ？」

「そうじゃない。撮ろうとして撮れたんなら、凹まない。あれはただの偶然《ぐうぜん》だ……」

午後の撮影で撮った、言い合いする二人が急に風に散った桜の花びらをハッとしたように振り返って見るシーンのことだ。もちろん、それは脚本《きゃくほん》にも予定にもなかったものだ。

「偶然も運も、実力のうちだろう？」

エリックはポテトフライを一本つまみ、たっぷりとケチャップをつけて口に運ぶ。

(そういうことじゃねーよ……)

春輝はため息を吐《つ》くと、コーヒーカップに手を伸《の》ばした。

なにも食べる気がしなくて、注文したのはこれだけだ。

本当は撮影に集中していなければならないのに、別のことを考えていた。その結果、最高のシーンが撮《と》れたところで素直《すなお》には喜べない。あの時の自分は、『なんの仕事もしていなかった』のだから。

眉間《みけん》に皺《しわ》を寄せたまま黙《だま》っていると、エリックが「なあ、春輝」と今までになく真剣《しんけん》な声で呼ぶ。

「なにを思い悩《なや》んでるんだ？」

「それがわかっていたら、もう少し簡単なんだろうな」

頬杖《ほおづえ》をつき、カップをゆっくりまわしながら答えた。

エリックが「それは……深刻だな」と、呟《つぶや》く。

会話が途切《とぎ》れ、春輝は窓の外に視線を移した。

車が表を通り過ぎるたびに、ヘッドライトに照らされた雨の筋が浮《う》かび上がる。

雨音が先ほどよりも激しくなったような気がした。

「……たぶん、忘れ物をしてきたんだ」

高校の時に大事にしていたものを全部、あの場に置き忘れてきてしまったような気がする。

追いかけてきたはずの、『夢』までも――。

ひどく浮かない自分の顔が、窓ガラスにぼんやりと映っていた。

「兄貴が、映画好きだったんだ……」

気づけば、兄の年齢《ねんれい》を追い越《こ》してしまっている。

いつだってそうだ。

大切な人との時間は、いつも途切れてしまう。

フィルムに収められた映画のように。

エンドロールが流れると、もうその先はない。

「俺は……その先を作りたかったのかもな」

終わってしまわない物語を――。

雨音に消えてしまいそうな呟きを、エリックは黙ったまま聞いている。

沈黙《ちんもく》が落ち着かなくて、春輝は苦笑《くしょう》でごまかした。

「まぁ、どうにもならないことは、山ほどあるってことだ」

「春輝……」

真顔で呼んでから、エリックは「僕が思うに」と言葉を選びながら続ける。

「君に必要なのは、やっぱり……素敵《すてき》なガールフレンドだよ」

（なんでそうなるんだよ……）

春輝は「ハァ～」と、脱力《だつりょく》する。期待したのは、もう少し真面目《まじめ》なアドバイスだ。

「紹介《しょうかい》して欲しいなら、いつでも言ってくれ。心当たりはあるんだ。君にぴったりの……サンドイッチをおいしく作れる女の子とかね」

「アンシーのこと言ってんなら、怒《おこ》られるぞー。余計なこと言うなってな」

「僕の口は余計なことを言うためについてるんだ」

ニヤッと笑って、「食べる？」とポテトフライの皿を差し出してくる。

「真面目な話、誰《だれ》かと付き合う気はないのか？」

「あいにくと、ない」

きっぱり答えてから、つまんだポテトフライを頬張《ほおば》る。

冷めているうえに塩からくて、あまりおいしいとは言えないその味をコーヒーで流し込んだ。

「そいつは残念……きっとどこかの女の子が泣くぞ」

「……今は他《ほか》にやらなきゃいけないことがあるんだよ」

「映画監督《かんとく》はガールフレンドがいたってなれると思うけどね。恋《こい》を知ることも一つの人生経験じゃないか」

春輝は、「余計なお世話だ」と席を立つ。

「なんだ、もう帰るのか？　外は大雨だってのに」

「ハンバーガー買ってくるんだよ」

「相談にのった親切な友人のために、ついでにアップルパイも買ってきてくれると嬉《うれ》しいんだけどね」

軽く片手をあげて、春輝はカウンターに向かった。

土曜の午後、美桜は商店街でおこなわれている絵画教室の手伝いに来ていた。高校生だった時、顧問《こもん》の先生に誘われて始めたボランティアだが、大学に入ってからも続けている。美桜が『人に教える仕事に就《つ》きたい』と思ったのも、このボランティアがきっかけだ。高校で入っていた美術部は、美桜にとって特別な場所だった。親友の早坂あかりや、榎本夏《えのもとなつ》樹《き》と出会った場所だったからだ。

二人がいなければ、今こうして絵を続けていなかっただろう。趣味《しゅみ》でたまに描《か》いてはいたかもしれないが、『美術』の教員資格を取りたいという進路まではたどり着けなかった。

あかりは、今美大で絵を学んでいる。彼女は高校の時から特別な才能の持ち主で、何度も美術展で受賞していた。

夏樹はマンガやアニメが大好きで、かなり進路に迷っていたようだが専門学校へ進むことに決めた。

高校を卒業して二年。以前のように頻繁《ひんぱん》に会うことはなくなったけれど、それでもメッセージのやりとりはしているし、時間が合えばカフェに行ったり、ショッピングをしたりと交流は続いている。

大学でも友人はできたが、やはり二人との関係は特別なものだ。高校時代の三年間で、色々なことを共有し、お互《たが》いが大変な時も助け合って乗り越えてきたからだろう。

思い返してみても、充実《じゅうじつ》した三年間だった。

絵画教室の時間はいつも一時間。

通ってくるのは、小学生の子どもや近所の老人たちが多い。

商店街で店を開いている人も、このところ暇《ひま》を見つけては足を運んでくるようになった。だから、いつも盛況《せいきょう》だ。

生徒たちは椅子《いす》を移動させて、教室の好きな場所で画用紙やキャンバスに水彩《すいさい》やアクリル絵の具、クレヨンを使って絵を描いている。

まわりの人とおしゃべりしながら楽しそうに描いている人もいれば、難しい顔をしながら集中して描いている人もいる。

三十分ほど経《た》つと、子どもたちがじっとしていられなくなって筆を手に遊び始めた。

「あーっ、先生、また石野《いしの》君が遊んでるーっ！」

「そっちこそ、おしゃべりばっかしてるくせに！」

「してないですーっ」

「なんも描いてないじゃん！　ミオウの雷《かみなり》が落ちるぞーっ！」

男子の一人が隣《となり》の女子に向かって、水のついた筆を思いっきり振《ふ》る。ピシャッと滴《しずく》が飛んで、女子が「キャーッ！」と声をあげて飛び退《の》くように立ち上がった。

「美桜センセー、石野君がイジワルしてくる!!」

いっきに教室の中が騒《さわ》がしくなり、大人たちが『また始まった』と笑い出す。

「センセー、子どもたちがお呼びだよ」

そう言われて、他の生徒さんにアドバイスをしていた美桜は、あわてて子どもたちのもとに飛んでいった。

「あーっ、服汚《よご》れた。どうしてくれるの！」

「汚れてもいい服で来てくださいって、紙に書いてあっただろー。オシャレしてくるほうが悪いんだよ」

そんな言い合いをしている二人のあいだに、あわてて割って入る。

「はい、そこまで！」

「うわっ、ミオウが来たっ!!」

怪獣《かいじゅう》でもやってきたような反応をされて、美桜は腰《こし》に手をやりながら大きく息を吐《は》き出す。

「石野君、それ以上やったら今日は本当に怒るからね」

強めな口調でビシッと言うと、石野和樹《かずき》は「なんだよ！」とふくれっ面《つら》になった。

「俺ばっか怒られるのなんでだよ。女子だって、しゃべってたのに」

「由美《ゆみ》ちゃんたちも、おしゃべりはほどほどにして絵を描こう」

美桜がクルッと後ろを向いて女子たちに言うと、「はーい」と不服そうな声が返ってくる。

「石野君も、返事は？」

「こんなお絵かき教室なんか、もう来ないからな！」

ふて腐《くさ》れてしまった石野君は、腕《うで》を組んでプイッとそっぽを向く。

(困ったなぁ……)

美桜はため息を吐《つ》いてから、彼の画用紙に目をやる。

あっと、思わず声が出たのは、インコの絵がすでにそこに描かれていたから。

小学四年生が描いたとは思えないくらいに上手《うま》い。色の塗《ぬ》り方も丁寧《ていねい》で、羽のグラデーションが綺麗《きれい》だ。家で飼っているインコなのだろう。前に話してくれたことがある。

「すごいじゃない。もう描いちゃったの？」

びっくりしてきくと、彼は「ミオウに教わることなんてなんもねーよ！」と、不機嫌《ふきげん》な顔で答える。

「これは、うん。そうかもね」

美桜は微笑《ほほえ》んだ。

(好きなんだね。絵を描くの)

そうでなければ、こんなふうに上達はしないだろう。

「じゃあ、石野センセーにはこの絵に似合う花を描いてもらおうかな？」

褒《ほ》められて、まんざら悪い気分でもないらしい。彼が黙《だま》って描き始めるのを見届けてから、美桜は女子たちと視線を交《か》わして密《ひそ》かに笑い合った。


教室が終わると、生徒さんが「ありがとうございました」とお礼を言って帰っていく。

それを見送っていると、小学生の女子が「美桜先生」と、そばにやってきた。

他の子どもたちよりも背が高い。美桜が高校生だった時からこの教室に通っていた、荒川百《あらかわゆ》合《り》という名前の女の子だ。

「先生、私、来月から中学生になるんだよ」

嬉しそうに報告してきた彼女に、「あっ、そっか」と目を丸くした。

「おめでとう！　楽しみだね」

そう言うと、彼女は「うん！」と笑顔《えがお》で頷《うなず》く。

「私、中学生になったら美術部に入ろうと思うの」

「そうなんだ。いいと思うよ。私も美術部だったけど、楽しかったから」

「大変だった？　私、ついていけるかな？」

「大丈夫《だいじょうぶ》だよ。この教室でやっているようなこととそう変わらないから」

「そっか！　じゃあ、きっと大丈夫だね。美桜先生、ありがとう。あっ、中学になってもこの教室は通うからね！」

百合は「バイバイ！」と手を振って、画材道具の入ったバッグを肩《かた》にかけながらドアを開く。

彼女が帰ると、教室の中は静かになった。

他《ほか》に残っている生徒はいない。

（そっか、中学生になるんだ……）

時間はいつの間にか過ぎていく。

美桜は「さてと……」と、独り言をもらしながらシャツの袖《そで》をまくった。

部屋の隅《すみ》の水道で、パレットやバケツを洗う。

窓ガラスの外はアーケードだ。買い物を楽しむ人たちが、行き交《か》っている。

青と白のハート形のバルーンが柱のあちこちにくりつけられているのは、今日がちょうどホワイトデーだからだろう。

商店街のお店も、それに合わせたフェアをやっているようだ。

四月になれば桜祭りのぼんぼりが飾《かざ》られるようになり、アーケードもピンク色に染まる。川沿いの桜はちょっとした名所にもなっていて、毎年ミニライブが開催《かいさい》されたり、屋台が出たりするようだ。

この時季、心が浮《う》き立つと同時に、寂《さび》しくもなるのは、どうしても芹沢《せりざわ》春輝のことを思い返してしまうからだろう。

卒業以来、連絡《れんらく》は途絶《とだ》えたままだ。メッセージも高校の卒業式を最後に更新《こうしん》されない。二人の時間はあの日、止まったまま。それがまたいつか動き出すこともあるのだろうかと、一年が過ぎるたびに考えてしまう。

バケツからあふれる水を見つめたままぼんやりしていた美桜は、エプロンのポケットから鳴りだした携帯《けいたい》の音にハッとする。

手を拭《ぬぐ》って取り出して出ると、『あ、美桜！』と相変わらず明るく元気のいい夏樹の声が聞こえた。

「なっちゃん、ごめんね。今まだ、絵画教室の片付けしてて……」

今日はこの後、夏樹と一緒《いっしょ》にカフェで会うことになっている。待ち合わせの時間まで三十分ほどあるからと思いのんびりしていたが、早く到着《とうちゃく》したのかもしれない。

『ああっ、いいの、いいの。私、書店にいるからって連絡しようと思っただけだから。ゆっくりでいいよ！』

「うん、ありがとう。もうちょっと待ってて」

『オッケー。じゃあ、後でね！』

電話が切れると、美桜は携帯をポケットにしまい、急いで残りの洗い物を片付ける。

本当はあかりも来る予定だったのだが、課題が終わらず来られないと昨日の夕方連絡があった。会えないのは残念だが、しかたないだろう。

あかりもせっかくの機会だったのにと、落ち込んでいたようだ。

バケツの水を切って、横の台にパレットと一緒に並べる。

「先生ー」

呼ぶ声が聞こえて振《ふ》り返ると、入ってきたのは商店街でフラワーショップを営んでいる石野君のお母さんだった。

仕事の途中《とちゅう》だったのか、エプロン姿のままだ。

「あっ、石野さん。こんにちは」

美桜が笑顔で歩み寄ると、石野君のお母さんは申し訳なさそうに両手を合わせた。

「ごめんねー、先生。うちの子がまたヤンチャなことしたみたいで」

「そんなことないですよ。ちゃんと絵も描《か》いてくれたし」

「ほんと、この子は落ち着きなくて」

そう言ってから、「ほら、なに隠《かく》れてんの」と息子《むすこ》の腕を引っ張る。

石野君は両手を後ろに隠し、プイッと横を向いたままだ。

「先生に渡《わた》したいものがあるんでしょ」

背中を押されると、渋々《しぶしぶ》進み出る。

美桜は少し前屈《まえかが》みになった。

「また、来てくれるかな？」

そう尋《たず》ねると、彼はチラッと視線を向けてから後ろに隠していた手をバッと突《つ》き出した。

押しつけるように渡されたのは、ラッピングされた一輪のバラだ。ピンク色の花びらがふんわりと開いている。

「先生にあげるってどうしても聞かなくって。バレンタインのお返しだーって」

石野君のお母さんは、「ね？」と息子の髪《かみ》をクシャクシャと撫《な》でる。

二月に手作りのカップケーキを作り、教室に来てくれた生徒さんたちに配った。

特別なものではなかったから、お返しなんて少しも期待していなかったのに。

美桜はバラの花を手に、思わずニッコリする。

「ありがとう。すごく綺麗。嬉《うれ》しいよ」

目線を合わせて言うと、彼は赤くなりながら、はにかむような笑顔になった。

「ミオウにまた、会いに来てもいいけど」

得意になって言う彼の頭を、お母さんがペシッと叩《たた》く。

「こらっ、先生って呼ばないとだよ」

「やだねーっ、ミオウはミオウだもんっ！」

「うん、また会いに来てね。待ってるよ」

美桜が笑って立ち上がると、彼のお母さんは「すみません、先生」と、申し訳なさそうに頭を下げた。

石野君とお母さんが教室を出ていくのを、「バイバイ」と手を振りながら見送る。

ドアが閉まり、窓の外を見れば彼はお母さんと手を繋《つな》ぎ、はしゃぐように飛び跳《は》ねていた。

美桜はクスッと笑って、バラの花びらに顔を寄せる。

「いい匂《にお》い……」

ほんのりと甘い香《かお》りがした。

教室のドアを閉めると、バッグを肩にかけて歩き出す。

アーケードを通り抜《ぬ》け、川沿いの道に出れば桜並木が続いていた。そよぐ風が暖かい。今年はいつもより少し桜の開花が早まりそうだとニュースでやっていたことを思い出す。

「あっちでも、桜、咲《さ》くのかな……」

立ち止まって、桜の木を見上げながら呟《つぶや》いた。もう蕾《つぼみ》が膨《ふく》らみかけている。それが、心地《ここち》よさそうに風に揺《ゆ》られていた。枝をすり抜けた光が眩《まぶ》しい。

いつの間にか、季節はもうすっかり春だ。

手にしたままの、リボンと透明《とうめい》なセロハンでラッピングされたバラを見て目を細める。

高校最後のバレンタインデー、美桜は二人でよくすごした石段に座って春輝を待っていた。本当は渡すつもりではなかったチョコレートを、鞄《かばん》に入れたまま。

もし、今日、ここで会えたら——。

そんな願掛《がんか》けみたいなことを考えながら。

約束なんてしていない。学校はもう自由登校になっていたし、春輝は留学の準備でほとんど学校にくることはなかった。

だから、ここに立ち寄ることはないだろうと半分わかっていたのに。もしかしたらと、ほんの少しの期待を込めて。

（いつもそうだったよね……）

期待ばかり。一歩進む勇気もないのに。

オレンジ色に輝《かがや》く夕日がゆっくりとビルの谷間に落ちていくのを、たった一人で眺《なが》めていた。

連絡をしたら、春輝は来てくれるかもしれない。

そう思いながらも、携帯を握《にぎ》りしめたまま一文字も打てなかった。

あの日の、頰《ほお》に落ちた雪の冷たさを思い出す。

会いに来て——。

そう伝えればよかった。

たとえ、二人の物語の結末はなにも変わらなかったとしても。

川沿いの道を歩き、駅前に新しくできた書店に向かう。

途中で『これから行くよ』と、メッセージを送っておいたから、到着した時には夏樹が店の外で待っていた。

「ごめんね、なっちゃん。待たせて」

「平気、平気。私も色々買ってたから」

そう言いながら、夏樹は紙バッグを美桜に見せる。中に入っているのはマンガの単行本だ。

「いっぱい買ったね」

「アルバイト代入ったからさー。つい買っちゃったんだよね。欲しかった本！」

夏樹はそう言ってから、「あれ？」という顔で美桜が手にしているバラを見る。

「そのバラ、どうしたの？」

「ホワイトデーのお返しにもらったの」

美桜はニコニコしながらそう答えた。

「えっ⁉　ホワイトデー⁉　美桜、誰《だれ》かにバレンタインのチョコをあげたの⁉」

「うん。手作りのカップケーキだけど」

「手作りの！！！　カップケーキ‼」

大げさな驚《おどろ》き方をしてから、夏樹はギュッと眉根《まゆね》を寄せて深刻そうな表情になる。

「美桜……あの、ちなみに……それって、男子にだよね？」

「うん、素敵《すてき》な男の子だよ」

「相手、誰⁉　どんな人⁉」

「それは……秘密かな」

　首を少し傾《かし》げて答えると、夏樹は大きく目を見開いて紙バッグを落としそうになっていた。

　それから少し歩き、あかりが教えてくれたカフェに入る。ひっそりとした裏通りの一角にある目立たないカフェだから、土曜の午後でもそう混《こ》んではいなかった。

　テラス席に座っていると、注文したカフェラテがすぐに運ばれてくる。

「絵画教室のボランティア、まだ続けてるんだね。美桜」

「うん、楽しいし、私も勉強になるから」

「頑張《がんば》るよね～。大変じゃない？」

「そうでもないよ。なっちゃんは、どう？」

　夏樹の通っている専門学校は二年間だから、この三月で卒業を迎《むか》える。

「それはきかないで……」

　ゴンッと、夏樹はテーブルに頭を落とした。

「もしかして……まだ？」

　遠慮《えんりょ》がちにきくと、「まだだよ～！」と泣きそうな声が返ってきた。

夏樹が悩《なや》んでいるのは、卒業後の進路のことだ。

「三年って、短すぎない!? 入学したら、あっという間に卒業だよ!? そのあいだに進路も決めなくちゃいけないなんてムリだってば！」

頭を抱《かか》えている夏樹を見て、「そうだよね」と美桜は同じように悩む顔になる。

「そうだ。夏に応募《おうぼ》したマンガの賞は？」

「二次審査《しんさ》止まりだった……」

「二次でも十分すごいことだよ」

「でも、二次じゃ賞金は出ないんだよ。デビューも決まらないし！」

夏樹はムクッと頭を起こすと、拳《こぶし》をギュッと握って悔《くや》しそうな顔をする。それから、「自信あったのになぁ～」とうなだれていた。

「大丈夫《だいじょうぶ》だよ。なっちゃんなら」

「本当に、そう思う？」

「うん。なっちゃん、土《ど》壇場《たんば》に強いタイプだから」

慰《なぐさ》めるためだけに言っているわけではない。

夏樹はそういう、『運の強さ』のようなものを持っている。

「どこかの出版社に持ち込みしてみようかな……」

ため息を吐《つ》いてから、夏樹は頬杖《ほおづえ》をついてポツリともらす。

「それ、いいんじゃないかな。編集さんのアドバイスももらえるだろうし」

「でも、悔しいよね〜」

「賞のこと？」

「それもだけど。もちたに一歩後《おく》れをとってるみたいで」

「ああ、望月《もちづき》君のこと」

蒼太が高校の時に学生向けの小説賞に応募して、賞をとったと聞いた時には美桜も驚いた。小説の賞に応募していることも、初耳だったからだ。春輝や優も、聞かされていなかったようだ。

その後も、蒼太は大学に通いながらたびたび小説賞に作品を送っている。先月も雑誌に短編小説が掲載《けいさい》されていた。

夏樹はマンガ家で、蒼太は小説家と、目指しているものは違《ちが》うが、同じ出版業界ではある。ライバルとまではいかないが、身近な競争相手として気になるのだろう。

「デザイン会社に入るってのも考えたんだけどね。やっぱり、マンガが描《か》きたいんだ」

「うん、なっちゃんの描く作品、私も好きだよ。この前読ませてもらった恋愛《れんあい》マンガもすごくよかったし……」

「本当に!?　そう思ってくれる!?」

グイッと身を乗り出して真剣《しんけん》な顔できいてくるから、美桜は「うん」と頷《うなず》いた。

「あの作品、賞に送ってみたらいいんじゃないかな？」

「うーん、でもねー……もう一歩なにか足りないんだよね。弱いっていうか」

悩みながら、夏樹はカフェラテのカップを口に運ぶ。

（もう一歩……なにが足りないのかな？）

美桜もカップに視線を落として一緒《いっしょ》に考える。

「たとえば……相手の男の子がヒロインの女の子を好きになるきっかけ、みたいなものがわかるエピソードを、もうちょっとはっきりと入れてみたらどうかな？」

ふと思いついて口にすると、夏樹がびっくりしたように目を見開く。

「美桜、それ！　それだよ!!」

「う、うん……そうだね。それだね」

「美桜って鋭《するど》いよね～。でも、どうしてわかったの？」

「え？　どうして……かな？」

（春輝君ならどうするだろうって、考えてみたからかな？）

高校生の時、ほとんど毎日のように春輝と下校していた。

その時、二人の話題の中心は映画の話だった。だからだろうか。

映画をみると、『春輝なら、どんな感想を抱《いだ》くだろう』と考えることが多い。

「帰ったら、もう一度ネームを直してみるよ。今度はすっごくよくなる気がする！」

「頑張ってね、なっちゃん」

「なんだか、希望の光が見えてきたかも。美桜のおかげだよ」

夏樹は笑顔《えがお》になって、グイッと両手を上に伸《の》ばす。

昼下がりの気温が、眠気《ねむけ》を誘《さそ》うくらいに気持ちいい。

「あかりも来られたらよかったのに……前に三人で集まったのっていつだっけ？」

「去年の夏だったと思う」

「ええ～もうそんなになる!?」

「うん。瀬戸口《せとぐち》君や、望月君も会ったりしてるのかな？」

「んー……あんまり聞いてないよ。電話とかメッセージのやりとりはよくしてるけど。もちた、演劇サークルに入ってて忙《いそが》しいみたいだし」

「演劇サークル？　役者やるの？　望月君が？」

美桜は少し驚いてたずねた。蒼太は人前に立ったりするような目立つことはあまり得意ではなかったはずだ。引っ込み思案というわけではないが、緊張《きんちょう》してしまうからだろう。

「先輩《せんぱい》に脚本《きやくほん》頼《たの》まれたんだって」

「あっ、そうなんだ」

(それならわかるかな)

きっと頼まれて断れなくなったのだろう。蒼太の困った顔が目に浮《う》かぶようだ。

「もう六人で集まれることもないのかなぁ……」

「そうだね……」

もう、それぞれ自分の道を歩み始めているのだ。それは夏樹や美桜も同じだ。

それに、春輝は遠く離《はな》れたアメリカにいる。いつ戻《もど》るかなんてわからない。

学校を卒業すれば、そのままあちらで仕事を始めるかもしれない。

未来は思い描《えが》いたようになるわけではない。本当は、誰《だれ》にもわからないのだ。

自分が将来、どこでなにをしているのかなんて。

しんみりした空気の中、二人とも少しのあいだ、黙《だま》っていた。

「春輝もさ……戻ってくればいいのに」

夏樹がポツリともらす。

「遠いよね」

「絶対、かっこつけてるんだよ。夢を叶《かな》えるまでは、俺は戻らない……とかなんとかさー」

唇《くちびる》をとんがらせている夏樹を見て、美桜はクスッと笑う。

「きっと、楽しく映画を撮《と》ってるんじゃないかな」

「そうだといいんだけど……」

「え？」

視線をあげると、夏樹は心配そうな表情を浮かべながら、指で少しだけカップを傾《かたむ》けていた。

「凹《へこ》む時は、とことん凹むんだよ。春輝……」


夏樹と別れた後、美桜は川沿いの道をゆっくりと歩いていた。

夕焼けに染まる空を、飛行機が横切っていくのが見えて足が止まる。

白い雲がまっすぐにその後に伸びていた。

（アメリカ……遠いよね……）

風が髪《かみ》をなでていく。

美桜は目を伏《ふ》せてから、バッグの持ち手を肩《かた》にかけ直して前を向いた。

商店街の中にある画材店に立ち寄って、注文していた油絵の具や筆を受け取る。

夕方になり人通りが減ったアーケードを歩いていると、視線の先でパティスリーのドアが開いた。

カランッとベルの音が響《ひび》いて、「ありがとうございました」という店員さんの声が聞こえる。

「望月君」

出てきた相手を見て、美桜は思わず声をかけた。

振《ふ》り向いた蒼太も、「合田《あいだ》さん！」とびっくりしたように目を丸くしていた。

「偶然《ぐうぜん》だね、望月君」

「合田さん、一人？　買い物？」

「さっきまでなっちゃんと一緒だったよ。あかりちゃんは、今日は来られなくて」

「あっ、そうか。よかった……」

蒼太がホッと胸をなで下ろして呟《つぶや》く。

「？」

「いや、その……今、会うのはまずいって言うか……」

蒼太はぎこちなく笑って、紙袋《かみぶくろ》を美桜に見せた。

中に入っているのは、青いリボンがかかっている白い箱だ。

「あっ、ホワイトデーの……」

美桜はパッと自分の口に手をやってから、「そうだったんだ」と微笑《ほほえ》んだ。

蒼太が出てきたパティスリーは、あかりが好きでよく立ち寄る店だ。

今日が『ホワイトデーフェア』の最終日だからか、店内はカップルの姿が多い。

「秘密にしておいてもらえると、助かります」

赤くなって、蒼太は気恥《きは》ずかしそうに言った。

「大丈夫《だいじょうぶ》。言わないよ」

「ありがとう。あっ、そうだ。これ……」

蒼太は紙袋の中から取り出したマドレーヌを、美桜に差し出す。

「よかったら、どうぞ」

「いいの？」

季節限定の桜のマドレーヌだ。

「おまけでもらったものなんだけどね」

「気をつかわせちゃったね」

美桜はそれを受け取って、笑みをこぼす。

「そんなことないよ。合田さん、駅に行くの？」

「うん」

「じゃあ、途中《とちゅう》まで」

蒼太が歩き出したので、美桜はその隣《となり》に並んだ。


（望月君と話すのも久しぶりだなぁ……）

大学生になり身長は前よりも伸びているが、雰囲気《ふんいき》は変わっていない。

「望月君、大変みたいだね」

「え？」

「演劇サークルに入ったって。なっちゃんが」

「ああっ、うん。頼まれたっていうか、先輩に捕《つか》まって……」

「望月君の脚本で舞台《ぶたい》やるの？」

「まだ先なんだけどね。でも、よかったら、合田さんもみにきて。というか、たぶんチケット配らなきゃいけないから、来てくれたら嬉《うれ》しい」

蒼太は「はぁ～」と、気が重そうにため息を吐《つ》く。

「うん、行くよ。なっちゃんたちも誘《さそ》って」

「合田さんは？　サークルとか入ってる？」

「ううん、私は絵画教室の手伝いと、家庭教師のアルバイトがあるから」

「家庭教師のアルバイトもしてるの？」

「時々ね。楽しいよ」

「合田さん、教え方うまそうだもんなぁ。僕もなにかアルバイトしたいんだけど……」

「望月君、小説書いてるでしょう？　雑誌にも載《の》ってるし」

「たまにだよ。原稿《げんこう》料が入るのもまだ先だし……」

そう言って蒼太は苦笑《くしょう》する。

「やっぱり……夢を追うのって、大変だよね」

美桜は足もとを見つめる。

「それは、まぁ……でも、やりがいはあるし。自分のやりたいことだから……きっと、大変だなんて忘れるくらい夢中になってるんじゃないかな？」

蒼太は美桜を見て、優《やさ》しい笑《え》みを浮《う》かべる。

「うん……」

（そうだね。きっと、大丈夫だよね……）

美桜は笑みを返した。

青や赤の光が走る狭《せま》いライブハウスに、耳が痛くなるようなバンドの演奏とがなるような歌声、それに浮かれ騒《さわ》ぐ客たちの声が響いていた。

チームのメンバーたちは、前のほうで拳《こぶし》を振り上げながらノっているようだ。けれど春輝は一緒《いっしょ》に騒ぐ気分になれず、壁《かべ》に寄りかかってその様子を眺《なが》めていた。

エリックが客のあいだをかきわけるようにして、そばにやってくる。

「春輝――――っ、たの――――っ!!」

「なに!?」

まわりの音と声が大きすぎて、ほとんど聞き取れない。

「俺、ちょっと、外に出てる!!」

出入り口を指さして大声で言うと、彼はわかったのか大きく頷《うなず》いた。

エリックの肩をポンッと叩《たた》いてから移動する。

音が飽和《ほうわ》している会場を出て、蛍光灯《けいこうとう》が点滅《てんめつ》している細い通路を通り抜《ぬ》ける。チケットカウンターにいた男性が、チラッと視線を向けてきたけれどなにも言わなかった。

外に出ると、湿《しめ》った風が吹《ふ》き付けてくる。

雨はほとんどあがっているが、水たまりにはまだ小さな波紋《はもん》ができていた。

ようやく外の空気を吸えてホッとしていると、携帯《けいたい》が鳴り出す。ポケットから取り出して確かめると、優からだった。出ると、『春輝、今いいか？』とすぐに声がした。

「どうしたんだよ。急用か？」

『いや、そういうわけでもないけど……なにしてたんだ？』

「ライブに来てたんだよ。友達と」

『悪い。じゃあ、また後でかけ直す』

「いや、いいって。抜け出してきたところだし。頭痛くなった。そっちは？」

『俺は今、家に戻《もど》ったところなんだけど、夏樹がさ……』

困ったような声のすぐ後で、『春輝——っ！』と夏樹の元気な声が聞こえてきた。

「一緒にいんのか。相変わらず仲いいな」

携帯を耳に当てたまま、笑ってからかう。

星がチラチラとくすんだ夜空に瞬《またた》いていた。

『そんなことより、一大事なんだってば‼』

夏樹の大きな声が飛んできて、携帯をわずかに耳から離《はな》す。

「夏樹……これ優の携帯だろ？」

『そうだよ。私が連絡《れんらく》したって、春輝、出ないじゃん！』

「あー……まあ……そうかも」

（特に用事がないしな）

春輝は頭をポリポリと掻《か》いた。出たところで聞かされるのは優の話だ。その大半がのろけ話なのはわかりきっている。

『昨日、美桜と会ったよ』

夏樹の言葉に、一瞬《いっしゅん》ドキッとして沈黙《ちんもく》する。

「……また、パンケーキ一緒に食ったとかいうような話なら、わざわざ報告してこなくていいぞー」

『問題です。昨日はなんの日だったでしょー？』

「昨日？」

夏樹のことだから、時差までは考慮《こうりょ》していないのだろう。

三月十四日――。

春輝は少し考えてから、「円周率の日」と答える。

『ブーッ、ヒント！　とある日にチョコレートをもらった男子が、お返しをする日です』

「はいはい、ホワイトデーだろ。優になんかもらったのか？　新しいゲーム機とか、ゲームのソフトとか」

『そうなんだ～、優ってば私が一番欲しかったゾンビゲームのこと、ちゃんと覚えててくれてさー！　って、そうじゃないってば』

夏樹の後ろから、『要点、ずれてる』と優の呆《あき》れたような声がする。

『美桜がさ、男子から……ホワイトデーのお返しにバラをもらってたんだよ！』

衝撃《しょうげき》を受けたように、夏樹が電話の向こうで声を大きくした。

「…………」

『それも、美桜にピッタリのピンク色のバラだったんだ……って、聞いてる!?』

「…………」

『美桜、バレンタインデーに手作りのカップケーキをあげたみたいなんだよねー』

「…………」

『ちょっと、春輝。聞いてんの⁉　もしも――し、あれ、切れちゃったのかな？　電波が悪いとか？　もしもーし』

『夏樹、ちょっ……もういいって。そのくらいで』

優が同情気味にそう言うのが聞こえた。

『えーっ、なんでよ！　ここは、春輝にガツンと言ってやらないと』

『いや、だから……俺が話すから……』

そう言って、優がかわりに電話に出る。

『悪い……ということなんだ』

「べつに…………いいんじゃないの？」

言葉が少しだけつっかえそうになった。

『たぶん、夏樹の勘違《かんちが》いだと思う……だから、あんまり気にすんな』

「気にするもなにも……それ、美桜が先生やってる絵画教室の子にもらったとか、そういうオチだろ？」

『ああ……そうか。それもそうだな』

『そういえば、美桜、絵画教室の日だった〜っ！』

夏樹のハッとしたような声が、電話を通して聞こえてくる。

（だろうな……）

春輝は小さくため息を吐《つ》いた。

『でもさ、春輝。たまには、美桜になにか贈《おく》ったりしなよ。本当に忘れられちゃっても知らないよ！』

どうやら、それが言いたかったらしい。夏樹のお節介《せっかい》は相変わらず健在だ。

（まあ、心配してくれてんだろうけどな……）

友人思いなのが、彼女のいいところだ。

『とにかく、そういうことだから！　ホワイトデーのお返し、春輝もなんか考えなよ！　じゃあね』

一方的に切れてしまった電話を、春輝は困ったように見つめる。

「ホワイトデーって……俺、バレンタインデーにもらってないんだけど？」

もらっていないもののお返しをするのもおかしな話だ。

携帯を両手と一緒《いっしょ》にパーカーのポケットに押し込む。

（そういえば、俺、美桜にチョコもらったことないよな……）

もちろん、手作りのカップケーキもだ。

春輝は「なんだよ……」と、少し拗《す》ねたように呟《つぶや》く。

毎年、本命チョコを期待していたわけではない。

ただのイベント的なものでもかまわなかったのに。

（美桜からもらえるんなら、なんだって嬉《うれ》しかったのにな）


「なんて……都合いいか……」

ため息を吐いて、ライブハウスの中に引き返そうとした時、「春輝」と声がした。

「アンシー……」

いつからドアのそばに立っていたのか。彼女は落ち着かないように視線をそらしていた。

「さっきの電話、春輝の友達？」

「高校の時のな。わけわかんない電話だった」

苦笑《くしょう》してそう答える。

ドアを押して中に入ろうとしたが、彼女は突《つ》っ立ったままだ。

春輝はドアから手を離す。

「……なんかあったのか?」

「ううん、なにもないよ。サイコーに楽しんでる」

「中、まだやってんだろう?」

「今アンコールだよ。でも、まだまだ終わりそうにないね。あと、十曲くらいやるつもりだよ」

冗談《じょうだん》めかすように言って、彼女は肩《かた》をすくめた。

「聴《き》かなくていいのか? 好きって言ってたろ。このバンド」

「好きなのは、エリックだよ。大ファンなんだから。私もきらいじゃないけどね。春輝は?」

「俺は……正直、よくわかんねー」

漏《も》れてくる賑《にぎ》やかな音を聞きながら、春輝は眉間《みけん》に皺《しわ》を寄せる。

「……あのさ……春輝」

彼女は両手を後ろに隠《かく》したまま、口を開いた。

声がほんの少し緊張《きんちょう》しているように聞こえる。

「春輝、私のこと、どう思う?」

「すげーなって思うけど……作業早いし、アンシーがチームに入ってくれて助かってる。紹介《しょうかい》してくれたエリックに感謝だな」

「そういう意味じゃなくてさ! あっ、もちろん、春輝に認めてもらえるのはすっごく嬉しいよ。嬉しいんだけど……」

彼女は赤くなってうつむきながら、声を小さくした。

遠ざかるパトカーの音を聞きながら、春輝は言葉を探すように黙《だま》っていた。

彼女の気持ちに気づかないほど鈍感《どんかん》なわけではない。

今、求められている答えがなんなのかもわかっている。

(どうすりゃいいんだ……)

春輝はポケットから片手を出し、ギュッと握《にぎ》る。

「わ、私は春輝が好きだよ!!」

バッと顔をあげた彼女が、早口でそう言った。

その顔は出入り口のぼんやりとした灯《あか》りの下でもはっきりとわかるほど赤くなっている。

「友達としての好きじゃないから。わかってくれてると思うけど……」

「それは、わかってる……けど……」

俺は──。

口を開こうとしたけれど、「今は決めないで!」と遮《さえぎ》られる。

「今すぐじゃなくていいんだよ。そのうち、好きになってくれたら……」

アンシーは春輝の胸を軽くトンと叩《たた》く。ゆっくりと顔を上げると、「そういうことだから」

と、彼女はごまかすように笑っていた。

　クルッと身をひるがえし、春輝の言葉を待たずにライブハウスの中へ戻《もど》っていく。


（ろくなこと、言えなかったな……）

　アパートの部屋に戻ると、春輝はドサッとベッドに倒《たお》れ込んだ。

「俺……恋愛《れんあい》とかそういうの全然ダメかもな」

　独り言をもらしていると、「そう、悲観することもないだろう？」と声がする。

　びっくりして飛び起きると、エリックがマグカップを両手に持って、ベッドのそばに立っていた。

「ドアが開いていたから。それに、この通り両手が塞《ふさ》がっているから、ノックができなかった」

　肩を少し上げ、彼は弁解するように言う。

　ベッドの端《はし》に座り直し、春輝はため息まじりに差し出されたカップを受け取った。

　コーヒーの香《かお》りが部屋のなかにゆっくりと広がる。

　エリックは春輝がいつも使っているキャスター付きの椅子《いす》を引き寄せると腰《こし》をかけた。カップに口をつけながら、さりげなく部屋を見まわしている。

「君の部屋はいつ見ても、なんていうか……おもしろみに欠けるね」

「わざわざ、人の部屋にケチつけにきたのか？」

「いいや、実にいい趣味《しゅみ》だ。君の頭の中そのままって感じで」

エリックは手を伸《の》ばして、書棚《しょだな》から古いモノクロ映画のＤＶＤを取り出す。

（確かに映画関連のものばっかりだけど……）

机を見ると、積み上げられた映画の資料や原作小説、脚本《きゃくほん》集の中に、パソコンとキーボードが埋《う》もれている。

書棚に並んでいるのは映画のＤＶＤと、今まで撮《と》りためたデータだ。これでも、かなり厳選しているのだが、増えていく一方だ。書棚に入りきらなかったぶんは、クローゼットに押し込んでいる。

「まさに映画好きの少年のパラダイスって感じだな」

壁《かべ》に貼《は》られたポスターに目をやって、エリックが笑った。

「ほっといてくれ」

そう言って、コーヒーを飲む。

「……コーヒーの豆、変えたか？」

「気のせいだよ」

すました顔をして、エリックはカップを口に運んでいる。

「変えたな？　いつもより酸《す》っぱい」

「フルーティーと言ってくれ」

「なんで変えたんだ？　俺は前のほうがよかった」

「甘酸《あまず》っぱいものが飲みたい気分なんじゃないかと思ってね」

春輝が軽く睨《にら》むと、エリックは「冗談だ」と答えた。

「コーヒーショップの女の子に熱烈《ねつれつ》にお勧《すす》めされたから買ってみたんだ。でもまあ……これはこれでそう悪くはないだろ？」

「まあ……飲めるけどな」

春輝は軽くカップを揺《ゆ》らしてもう一口飲む。

エリックもコーヒーに口をつけながら、ＤＶＤのパッケージを眺《なが》めていた。

「……ところで、告白の返事はもう決めた？」

いきなりきかれて、コーヒーをふきそうになる。

あせって飲み込んだら、今度はひどく咳《せ》き込んだ。

それが収まるのを待ってから、「聞いてたのか」と顔をしかめる。

「べつに立ち聞きしていたわけじゃない。君が出ていったあと、アンシーが君を追いかけていったから。それに、彼女は君に気持ちを打ち明けたくなるんじゃないかと思っていたし……それが今日だったわけだ」

「決めるもなにも……俺は付き合えねーよ」

春輝は視線をカップに落としたまま、声のトーンを落とす。

「……彼女はいい子だよ、春輝」

真面目《まじめ》な顔をして言ってから、「うまいサンドイッチも作ってくれるしね」とエリックは冗談っぽい口調に変える。

つられて春輝も「知ってる」と、少し笑った。

「それに、ほら……かわいいだろう？　人気もあるんだ。明るいし、一緒《いっしょ》にいて楽しいからね」

「それも、知ってる。今の俺は誰《だれ》かと恋愛している場合じゃないんだよ……そんな余裕《よゆう》もない」

それに——。

「他《ほか》に好きな子がいるから、か……」

エリックの呟《つぶや》くようなその言葉に、沈黙《ちんもく》を返す。

「その子と付き合ってたわけではないんだろう？　連絡《れんらく》、取り合ってるのか？」

「……いいや……」

この二年、電話どころかメッセージも送っていない。

絵はがきの一枚でも送ればよかったのかもしれないが、できなかった。

待っていて欲しいと、その一言を伝える決意がまだつかなくて——。

いつ戻れるかわからない。それなのに、彼女を縛《しば》るような約束はできない。

その資格も権利も今の自分にないことくらい、わかりきっている。

「音信不通の相手ってわけか……なぁ、春輝。二年という時間はけっこう長いよ」

「知ってる……」

「君も随分《ずいぶん》変わったんじゃないのか？　たとえばほら。前は苦手だったピクルスが今は食べられるようになったとか……」

「それはエリックだろ？　俺はピクルスがきらいだったことなんて一度もない」

このアパートに転がり込んできた時には、ハンバーガーの中に入っているピクルスを指で抜《ぬ》き取っていた。

「ああ、そうだよ。アンシーはハンバーガーには絶対ピクルスが必要だと思っているんだ。人の好みや考え方はいくらでも変わってしまう」

エリックは「その子だって……」と、言葉を濁《にご》す。

眼鏡《めがね》を指で押し上げながら、視線を下げていた。

レンズの奥で、その瞳《ひとみ》がほんの少し切なげに揺らぐ。

（ああ、そうか……なんで気づかなかったんだ）

春輝は思わず額に手をやりながら深くため息を吐《つ》いた。

「俺、やっぱり、すげー鈍《にぶ》いのかもな……」

「今頃《いまごろ》気づいたのか。彼女があんなに積極的にアプローチしているのに、君は見当違《けんとうちが》いな返答ばかりするんだから。傍《はた》から見ている僕としては、いつもヒヤヒヤしていたよ。ど下手《へた》くそな恋愛映画の脚本を無理矢理《むりやり》読まされている時みたいな気分だった」

そう言いながら、エリックは顔をしかめている。

（ほんと、なんでこんなに思い通りにならないことばっかりなんだろうな……）

誰にとっても、それは同じなのだろう。

すれ違いばかりだ。

ため息を吐いてから、春輝はまっすぐエリックを見る。

「ど下手くそな恋愛《れんあい》映画の脚本を書いているのは、誰だよ？」

「確かに僕の脚本もまあまあど下手くそなのは認めるけど……でも、それは今は重要なことではなくて……」

「そうじゃない」

言葉を遮《さえぎ》るように言うと、「え？」と彼は戸惑《とまど》うように瞬《まばた》きした。

「はっきり言葉にしないと、相手には伝わらないぞ。エリック」

自分の言葉がそのまま、自分の胸に返ってきて内心苦笑《くしょう》する。

蒼太なら、『春輝がそれ言う？』と呆《あき》れ顔でツッコんできただろう。

（まったくだよな……）

告白したところで、自分たちの関係がどうにかなるわけではない。留学を目前に控《ひか》えていて、いつ戻《もど》れるかわからないのに、『付き合って欲しい』とは言えなかった。

二人の未来を描《えが》けないのに、告白したところできっと自己満足に終わる。

それなら、言わないでおくほうがいい。

気持ちはきっと、伝わっているから——。

散々迷いに迷った末に、高校生だった自分が出した精一杯《せいいっぱい》の答えだった。

それが正解だったのか、不正解だったのかは今もわからない。

「僕の気持ちに……そんなに意味はないさ」

エリックは曖昧《あいまい》な笑《え》みを浮《う》かべながら、残っていたコーヒーを飲み干した。春輝はその顔をジッと見つめる。

「そういうのは、後悔《こうかい》するんだよ……」

「重要なのは、彼女が幸せかどうかだ。そうだろう？」

「悪いけど、俺にその役割を期待するなよ」

　はっきり言うと、エリックがカップから視線をあげた。

　しばらく黙《だま》った後で、「そうか……」と呟くようにもらす。

「そうだな。君は君で大切に思う人がいるんだ」

　春輝は、「ああ、そうだ」ときっぱり答えた。

　エリックは息を吸い込み、前髪《まえがみ》を片手であげながら吐《は》き出す。

　弱ったな、というような表情になっていた。

「アンシーはたぶん、大泣きするぞ」

「……そうかもな」

「君はひどいやつだ」

　春輝は顔をしかめて、「そうかもな」と繰《く》り返した。

「だから、幸せにしたかったら自分でしろ。大事なことを人の手に委《ゆだ》ねるな！」

　強い口調で言うと、エリックがわずかに目を見開く。

　迷うように視線が空のカップに向いていた。

「できればそうしていたよ……でも彼女が夢中になってるのは僕じゃない」

彼はもう一度、「僕じゃないんだ」と繰り返して目を伏《ふ》せる。

その言葉にほんの少しの悔《くや》しさがにじんでいた。

「だからって、人を応援《おうえん》してどうするんだ。そんなことしたって、全然報《むく》われないだろ！」

焦《じ》れったくて、つい声が大きくなる。

エリックは器用で誰とでもうまくコミュニケーションをとるから、てっきり優と同じようなタイプだと思っていたが――。

（違うな……これはもちたの同類だな……）

春輝は額に手をやって、「ハァ～」と息を吐いた。

「やっぱ、脚本《きゃくほん》やるタイプは似てんのか……？」

そうこぼすと、「え？」というようにエリックが顔をあげる。

「なんでもない。こっちの話だ」

軽く片手をあげてから、「とにかく……」と言葉を繋《つな》ぐ。

「エリックが言ったんだろ。人の好みや考え方はいくらでも変わるんだって。自分の気持ちが意味のないものだなんて、なにもしないうちから決めつけるな」

「……やっぱり、訂正《ていせい》するよ」

エリックは「君はいい友人だ」と、まっすぐに春輝を見て微笑《ほほえ》んだ。

「……訂正しなくていいって」

身勝手なことくらい自分が一番よく承知している。

自分のことばかり優先してきたのだ。夢のためだと、その言葉を言い訳にしながら。

（余裕《よゆう》がなかっただけなのかもな……）

応募《おうぼ》したコンペで賞を獲《と》り、アメリカ行きが現実のものになって、自分で思う以上に舞《ま》い上がっていたのだろう。このチャンスを逃《のが》したら、次はないかもしれないという焦《あせ》りもあった。

大切なものはたった一つしか選べないのだと思っていた。

彼女と二人で探せば、別の未来もあったかもしれないのに。

「春輝」

エリックに呼ばれて、わずかに下げていた視線を戻す。

「これは、今日から僕の持論になったんだけど……」

彼はそう前置きしてから春輝を見て、少し得意げな顔をしながら先を続けた。

「はっきり言葉にしないと、伝わらないよ」

一瞬《いっしゅん》の間をおいてから、春輝は思わず笑う。

「まずは、アンシーに伝えてきたらどうだ？」

からかい半分で言うと、「そうするさ」と思いのほか真剣《しんけん》な声が返ってきた。

エリックは椅子《いす》を引いて立ち上がり、軽く息を吐く。

「君の言う通りだよ。人任せにしていないで、自分がどうにかしなけりゃならない問題だった。もっとも……ひどい結末を迎《むか》えそうな予感しかしないけれどね」

「わかんねーよ、そんなこと。未来がどうなるかなんて」

「君だってそうさ」

まっすぐに春輝を見ながら、エリックは微笑んだ。

「遅《おそ》すぎるということはないと思うよ」

春輝は少し黙った後で、「そうかもな」と目を細めて呟《つぶや》く。

エリックはポンッと肩《かた》を叩《たた》くと、マグカップを手にドアへ向かう。その途中《とちゅう》でふと思い出したように足を止めた。

「ところで、この時間にまだ開いているフラワーショップってあると思う？」

「どうだろうな。街中走りまわって探せば、一軒《けん》くらいあるかもな」

「じゃあ、そうするとしよう」

恥《は》ずかしさをごまかすように笑って、彼は部屋を出ていく。

（これから、行くつもりか？）

時計を見れば十一時過ぎだ。「大丈夫《だいじょうぶ》か？」と心配しながらも、つい笑いが込み上げてくる。

「どうなるんだろうな……」

うまくいって欲しいと願うのも、身勝手なことだろうか。


ベッドから立ち上がると、机に積んでいたクロッキー帳に手を伸《の》ばす。

卒業の時に、美桜がくれた彼女のクロッキー帳だ。

学校のスケッチや、二人で並んで話をした高台、帰り道に見た夕焼けの空、道のかたわらに咲《さ》いていた花。中庭で撮影《さつえい》をしていた春輝や、優、蒼太の姿。

そこには、彼女が毎日見ていた風景が丁寧《ていねい》に描かれていた。

ほとんどがモノクロの絵なのに、頭に浮かんでくるのは色鮮《いろあざ》やかな記憶《きおく》。

それは映画を再生するように、頭の中を流れていく。

先ほどまでエリックが座っていた椅子を引き寄せて腰《こし》を下ろした。

エリックの言う通りだ。

遅すぎるということはないのかもしれない。

春輝はクロッキー帳を閉じて、椅子の背にもたれた。

野外での撮影が終わり、みんなベンチのそばに集まって楽しそうに話をしながら持ち寄ったサンドイッチやハンバーガーを頬張《ほおば》っていた。

いつもならアンシーもみんなの輪に加わっているのに、今日は離《はな》れた木のそばに一人しゃがんでぼんやりしている。

公園の木のテーブルを借り、パソコンで映像を確認《かくにん》していた春輝は、その姿に気づいて手を止めた。

（やっぱ、言わないと……な）

ため息を吐《つ》くと、マウスをクリックして作業を中断する。

「アンシー」

コーヒーの紙カップを手に歩み寄ると、彼女がゆっくりと顔をあげた。

目が合うと、焦ったように視線をそらされる。

春輝がいれたばかりのコーヒーを差し出すと、彼女は「ありがとう……」と小声で言って受け取った。

カップから立っている湯気を、息を吹《ふ》きかけて冷ましている。

その姿を見つめていた春輝は、笑い声が聞こえてくるチームのみんなへと視線を移した。

なにか言わなければと思うのに、言葉が思いつかなくて、気まずさをごまかすように自分のカップを口に運んだ。

「そうだ……午後からの撮影って移動するんだよね？」

アンシーがしゃがんだまま、両手でカップを包んできいてくる。

彼女も落ち着かないのか、いつもよりも早口になっていた。

「その予定だけど……天気次《し》第《だい》、だな」

午後からは雨予報が出ていたが、今はまだその気配は少しもない。

爽《さわ》やかな青空が頭上に広がっていて、羽を広げた鳥がゆったりと旋回《せんかい》していた。

「春輝は、お昼食べなくていいの？」

「そういうアンシーは、いいのか？」

「私は……べつにいいや。あんまりお腹空《なかす》いてなくて」

「そっか……」

「うん……」

彼女は小さく頷《うなず》いて、コーヒーを一口飲んだ。

「あのさ、この前のこと……」

春輝は思い切って話を切り出すと、彼女のほうを向く。

どう答えるべきか、ずっと考えていた。

今はやらなければならないことがあって、恋愛《れんあい》のことは考えられないから。

それは嘘《うそ》にはならない。たぶんそれが彼女を一番、傷つけないですむ答えだろう。

春輝は片手を握《にぎ》りしめて、軽く息を吸い込んだ。

「好きな人がいる。その人を、ずっと待たせているんだ」

そう、ゆっくりと言葉にする。

エリックの言う通り、『ひどいやつ』なのかもしれない。

けれど、それが偽《いつわ》りのない自分の気持ちで、今、彼女の気持ちに応《こた》えられない一番大きな理由なんだと認めるしかない。

しゃがんだまま見上げてくるアンシーの瞳《ひとみ》が潤《うる》むのを見て、「だから……ごめん」と続けた言葉がかすれた。

（ほんと、こんなことしか言えなくて……）

好きになってくれて、真剣に告白してくれて、嬉《うれ》しくなかったわけではない。

目を伏《ふ》せて、強く唇《くちびる》を結ぶ。

その耳に、小さく笑う声が聞こえた。

「そうじゃないかって思ってた……」

その言葉に、春輝は目を見開く。

アンシーは「あーあ……やっぱりか」と、落胆《らくたん》したように空を見上げている。

「春輝、時々携帯《けいたい》の写真見てたよね。前にさ、チラッと見えたんだー。女の子の写真。すごくかわいい子だよね。ずっと見てるんだもん。あー、絶対その子のことが好きなんだって。本当はわかってた」

一気にしゃべってから、彼女はぎこちなく笑って目頭《めがしら》にたまった涙《なみだ》を指で拭《ぬぐ》った。

「ほんのちょっとくらいは、私のほうを見てくれるかなって期待してみたんだけどなぁ……やっぱり、ダメだったね」

そう言って、吹っ切るように彼女は立ち上がる。

「アンシー……俺はさ……」

「ああっ、君のことがきらいなわけじゃないとか、慰《なぐさ》めの言葉はいらないからね！」

アンシーはあわてて春輝の言葉を遮《さえぎ》る。

「じゃあ、言わないでおく」

「でも……今までと同じように友達でいてくれる？」

ためらいがちに差し出された手を、「こっちこそ」と軽く握りしめた。はにかむような笑《え》みが彼女の口もとにこぼれる。

すぐに離したその手を、アンシーは自分の後ろに隠《かく》した。

ひときわ楽しそうな笑い声が聞こえて、春輝は彼女とともに集まっているみんなに視線を移す。

その姿をしばらく見つめていると、アンシーが口を開いた。

「昨日……エリックが急に連絡《れんらく》してきたんだよ」

「そう……みたいだな」

（あんな時間にやっぱり、行ったのか……）

春輝は頭の後ろに手をやる。ルームメイトとしては、止めるべきだったのかもしれない。

「エリックってば、なにを持ってアパートの前に立ってたと思う？」

「あー……なんだろ。バラの花束とか？」

「だったら、素敵《すてき》だけど。フライドチキンの箱だよ？」

「フライドチキン？」

思わずききかえすと、彼女は「そう」と、頷きながらおかしそうに肩《かた》を揺《ゆ》らして笑った。

「他《ほか》の店が開いてなかったーとか言ってさ」

「まさか、それ渡《わた》して帰っていった……とかじゃないよな？」

それでは、ただのフライドチキンの宅配だ。

「うん、告白されたよ……びっくりしちゃった。急に言うんだもん」

「そっか……」

「これは、友人としてきくんだけど……どうしたらいいと思う？」

「それ、俺にきくのか？　すげー答えにくいんだぞ」

眉間《みけん》に皺《しわ》を寄せながら言うと、「友人としてだよ」と彼女は笑った。

「自分の気持ち次第、だろ。アンシーはどう思ってんだ？　エリックのこと」

「どうかな？　今まで、ずっといい友達だったから。急に気持ちは変えられないよ。でも……」

迷うように一度言葉を切ると、彼女は目を細めた。

「ちょっとは、考えてみようかなって思ってる……フライドチキン、おいしかったしね」

「それでいいんじゃないか？」

チラッと視線を交《か》わして、笑い合う。

エリックが「おーい、二人とも」と、大きく手を振《ふ》っていた。

四月の最初の土曜日、絵画教室が終わると生徒たちはいつものように、「先生、じゃあ、また」と挨拶《あいさつ》をして帰っていく。

それを見送って、美桜も片付けにとりかかった。

残っているのは、親が迎《むか》えにくるのを待っている数人の子どもたちだ。

賑《にぎ》やかな声を聞きながら、洗い物をする。

アーケードは桜祭りに合わせて、ピンク色のぼんぼりや桜の造花などが飾《かざ》られていた。

(もう、満開になってるかな……)

バケツで筆を洗いながら、窓の外に視線をやる。

今日は桜並木のある川沿いの道を通って帰ろう。

再び手を動かしていると、「ミオウ！」と呼ばれる。

石野君が鳴っている携帯を手に、パタパタと駆《か》け寄ってきた。美桜が机の上に置いていたものだ。

「鳴ってるーっ！」

「ありがとう」

（誰《だれ》かな。なっちゃん……？）

エプロンで手を拭って携帯を受け取ったが、確かめる前に切れてしまった。

表示されている着信履歴《りれき》を見て、「えっ」と声がもれる。

「誰から電話？」

石野君がエプロンを引っ張りながらきいてくる。

「えっ、あ……えっと……」

心臓が急にドキドキしてきて、両手で持った携帯を胸に押し当てた。

（うそ……なんで？　なんで？）

すぐに信じられなくて、携帯の画面をもう一度そっと確かめる。

表示されているのはやはり春輝の名前だった。二年間、メッセージも途切《とぎ》れていたのに。

（どうしよう……でも、すぐに切れちゃったし……）

携帯を持つ手が、小さく震《ふる》える。

もしかしたら、間違《まちが》えただけかもしれない。

なにかの拍子《ひょうし》にたまたま押してしまったとか、別の誰かにかけようとして間違えたとか。

（でも、そうじゃなかったら……？）

久しぶりに、ちょっと連絡してみようと思ったのだったら。

「ミオウ、水出しっぱなしになってる！」

「あっ、そ、そうだね！」

あわてて水道の蛇口《じゃぐち》をひねって止めてから、胸に手を当てて落ち着こうと深呼吸した。

それでも、高鳴った心臓の音は少しも戻《もど》らない。

二年ぶりに聞く音だった。

（かけ直しても……いいかな？）

そう思いながらも、すぐには決断できない。

間違いでなければ、またかけてきてくれるかもしれない。

だとしたら、待っているほうがいいのだろう。

（でも……今すぐ、声が聞きたいよ……）

美桜は携帯を握《にぎ》りしめながら、ギュッと目をつむる。

少しだけでもいい。

「美桜先生、どうしたのー？」

「顔、真っ赤だよ？」

女子たちが駆け寄ってきて、心配そうな顔をする。

「う、うん。大丈夫《だいじょうぶ》。なんでもないよ」

教室のドアが開き、「先生、ごめんねー」と石野君のお母さんが顔を覗《のぞ》かせる。

美桜は携帯《けいたい》をエプロンのポケットに押し込んだ。


生徒たちが帰った後、帰り支度《じたく》をして教室を後にする。

アーケードを抜《ぬ》けると、桜並木のある川沿いの道に出た。

風が柔《やわ》らかく吹《ふ》き抜け、花びらが一斉《いっせい》に散る。

ちょうど桜は満開になっていて、散歩途中《とちゅう》の人たちも足を止めて写真を撮《と》ったり、眺《なが》めたりしながら楽しんでいた。

美桜はバッグのポケットから、携帯を取り出す。

電話が鳴ったのは一度きりだった。

（やっぱり、ただ、間違えただけだったのかな……）

自然と足が止まり、風に舞《ま》っている花びらを目で追った。

川面《かわも》が一面ピンク色に染まっていて、日の光にきらめきながら、ゆっくりと流れている。

「臆病《おくびょう》だな……」

美桜は空を見上げながらため息を吐《つ》いた。

高校生の時から、少しも進歩がない。

夏樹がここにいたら、『かけ直してみなよ！　間違いでもいいじゃん。声が聞けるんだからさ。大事なのはきっかけ！』と言いそうな気がした。

一回だけ。

もし、すぐに春輝が出てくれたら。

携帯に表示されたままの春輝の名前を見ながら、少し震えている指で電話をかける。

この、一回きりだ――。

アパートの部屋にいた春輝は、膝《ひざ》を抱《かか》えるようにして椅子《いす》に座りながら、机の上の携帯をしばらくのあいだ見つめていた。

一回だけ。もし、それで美桜が出てくれたら――。

そんなふうに思いながらかけた電話は、数回、呼び出し音を聞いた後であきらめのため息とともに切ってしまった。

エリックには強気なことを言っておきながら、自分は踏《ふ》ん切りがつかないでいる。

「俺も、臆病だよな……」

呟《つぶや》いて、自嘲《じちょう》をもらした。

遅《おそ》すぎるということはない。そうかもしれない。

けれど、エリックが言うように、二年の歳月は思っているよりも長い。

人の好みや考え方はたやすく変わってしまうものだ。それでいいと思っている。

それはごく自然なことだ。変わらないでくれ、というのはエゴにすぎないだろう。

自分も高校の時から、少しも変わっていないかと言うと、そんなことはない。

環境《かんきょう》が変われば、人もそれに順応して変わる。

美桜もそうだろう。彼女は高校を卒業後、大学に進んだ。

彼女には彼女の、『先生になる』という夢がある。そのために毎日、頑張《がんば》っているはずだ。

高校時代の親友だったあかりや夏樹とも交流は続いているだろうが、大学に入ってから別の友人もできたに違いない。

高校生だったころは、毎日のように一緒《いっしょ》に帰っていて、そばにいるのが当たり前だった。

けれど、今は違う。

彼女にとって、春輝がいない日常が当たり前なのだ。

春輝にとって、美桜がいない日常が当たり前になっているのと同じように。

そんな道を選んだのは、春輝自身だ。

日本にいて、大学か専門学校に通いながら夢を目指すという選択肢《せんたくし》もあった。そうしていれば、高校生の頃《ころ》と変わらず、同じ場所で、同じ時間を共有することもできていただろう。

もしかしたら、二人の関係も、友人ではなく違う関係になれていたかもしれない。

夏樹や優、蒼太やあかりたちのように。

全部、今さらのことだと、春輝はわずかに目を伏《ふ》せた。

可能性を言い始めればきりがない。

けれど、選べる未来は一つしかない。

自分が選んだ今のこの道だけが、変えることのできない現実だ。

彼女との、もしかしたらあったかもしれない未来を一方的に断《た》ち切っておきながら、『君ともう一度』なんて、どうして言えるだろう。

わかっていることなのに。

二年前からずっと続いていて、定期的に自分を苛《さいな》むこの喪失感《そうしつかん》は消えてなくならない。

それをかわりに埋《う》めてくれるものは、見つけられなかった。

それはそうだ。彼女にかえられるものなんてあるはずがない。

この先、どこで誰《だれ》と、どんな時間を過ごしても、二人で過ごしたあの三年間ほど、幸せを感じることはないのかもしれない。

ノックの音に続いて、『春輝ー』とエリックの呼ぶ声がした。

椅子をまわして振《ふ》り返ると、ドアが開くところだった。

「まだ、起きてた？」

エリックが顔を覗かせて尋《たず》ねる。

「起きてた。なにやってんだ？」

「新しい豆を買ったから、コーヒーをいれてみたんだよ」

「この時間に飲ませるのか？」

「どうせ、まだ寝《ね》るつもりはないだろう？」

「まあ、そうだけど」

エリックは「じゃあ、リビングにいるよ」と、顔を引っ込めてドアを閉める。

春輝は立ち上がろうとして、机の上の携帯に目をやった。

(かかってくることはない……か)

小さくため息を吐いて、ドアに向かおうとした時、着信音が鳴り出す。

パッと振り返り携帯を確かめれば、表示されていたのは美桜の名前だった。

ドクンッと心臓が鳴る。

すぐに切れてしまいそうな気がして急いで出ると、片手で椅子の背もたれをグッと握《にぎ》りながら、携帯を耳に押し当てる。

「…………美桜？」

そう呼ぶまでに、数秒かかっただろう。

『…………春輝君？』

久しぶりにきく、美桜の声だった。

たったそれだけのことに、胸がいっぱいになり目頭《めがしら》が熱を持つ。

視界が潤《うる》みそうになって、あわてて視線をあげた。

そうしていないと、バカみたいに泣きそうだ。

（俺、こんなに美桜の声が、聞きたかったんだ……）

携帯《けいたい》を持つ手に、少しだけ力を込める。


「……元気……？」

『うん………元気だよ……春輝君は？』

「……元気だよ」

ほんの少し震《ふる》えた声で答える。

カーテンに手を伸《の》ばして少し開くと、暗がりの中に街の灯《あか》りが浮《う》かんでいるのが見えた。

『遅すぎるということはないと思うよ』


二人の間に沈黙《ちんもく》が流れる。

きっと彼女も言葉を探しているのだろう。

自分が彼女に伝えたいことはなんだろう。

一番、伝えなければいけない言葉は。

留学する日、飛行機の中で彼女のくれたクロッキー帳を開きながら、涙《なみだ》が止まらなかったのを思い出す。

『ずっと待ってる』


彼女がくれたその言葉に、なにも返せなかった。

この二年、メッセージすら返せなかったのも、たった一言を伝える決意ができなかったから。

もし――。

もしも、まだ遅すぎないのだとしたら。

もう一度、二人の未来を思い描《えが》くことが許されるのなら。

春輝はゆっくりと口を開き、「美桜」と彼女の名前を呼ぶ。

「待っていて欲しい……」

必ず、戻《もど》るから。
君のいる場所に――。

電話の向こうの美桜が、『うん……』と小さな声で答える。

かすかに聞こえてくるのは、電車の走り抜《ぬ》ける音だ。

それが聞こえなくなった頃、彼女はもう一度口を開いた。


『ずっと、待ってるよ……』


朝、リュックを手に部屋を出ると、リビングにいたエリックが声をかけてきた。

「春輝、こんな朝早くから出かけるのか？　休日だぞ」

「ちょっと、撮《と》りたくなった！」

そう答えてニカッと笑うと、エリックが目を丸くする。

「せっかく気合いをいれてサンドイッチを作ってみたんだけどね」

「後で食う！」

ソファーの背にかけていたパーカーをつかんではおり、リビングを後にする。


アパートの外に出ると、眩《まぶ》しい光が目に飛び込んでくる。

自転車を持ち上げながら、三段ほど外階段を下りた。

カフェの店員が、表に看板を出しているところだった。

朝、七時を過ぎたばかりだから、人通りはまだ多くない。

自転車に乗ると、ペダルに足をかける。

「どこに行くかな……」

ここしばらく自分では撮る気がしなくて、カメラは机の上に投げたままになっていた。

なにが撮りたいのか、見えなくなっていたからだ。

撮ることの意味や理由をずっと、探していた。

高校生の頃《ころ》、それは考えるまでもなく明確なものだったのに。いつの間にか、わからなくなって、目的地を見失ってしまったように、進むことも戻ることもできず、ずっと同じ場所にとどまり続けていたような気がする。
ハンドルに片手をかけたまま、空に目をやった。
真っ白な雲が青空の中をゆったりと泳いでいる。

ようやく、一つ答えを出せた気がした。
子どもの頃も、高校生の時も、見せたい人がいた。
その人が喜んでくれるのが嬉《うれ》しくて、笑ってほしくて、なんでも撮っていた。
（それだけのことだったんだよな……）
撮るための意味や理由はそれだけで十分だったのに。
一番、忘れてはいけないことを、忘れていた気がする。

美桜との電話の後、無性《むしょう》になにかを撮りたくなった。
今、自分が見ているもの。自分がいる世界を。
彼女に届けたい——。

「とりあえず……どこでもいいか」

春輝は笑って、勢いよくペダルをこぎ出した。

『美桜、最近元気だね。なにかいいことあった？』

一ヶ月ぶりに会った夏樹にそう言われて、『ううん、なにもないよ』と答えたものの、このところの美桜は少しばかりウキウキしていた。

「おかしいよね、たった一回きりの電話なのに」

美桜は歩きながら呟《つぶや》いて、帰り道の空を見上げる。

あれきり、春輝からの連絡《れんらく》はなく、美桜からも電話をかけることはしていない。それでいいと思っている。

今はきっと、お互《たが》いに別々の道を進まなければならない時なのだろう。声が聞けただけで十分だ。

家に着くと、「ただいまー」と玄関《げんかん》のドアを開く。

ポストに押し込まれていた手紙を取り出して、自分宛《あて》のものを探していると、国際郵便で送られてきた薄《うす》い小包を見て手が止まる。

「美桜、お帰り〜」

リビングのドアが開いて、母が出てきた。

まだ靴《くつ》も脱《ぬ》がず、玄関に突《つ》っ立っていた美桜は、「どうしたの？」と尋《たず》ねられてドキッとする。

「なんでもない！」

急いで靴を脱いであがると、「これ、手紙！」と他《ほか》の手紙を母に渡《わた》した。

「あら、そう？」

「うん、ちょっと、部屋にあがるね！」

慌《あわ》ただしく階段をあがっていく娘《むすめ》の姿を、母は首を傾《かし》げながら見ていた。

部屋に入ってパタンとドアを閉めると、美桜はドキドキしている胸に包みを押し当てたまま大きく息を吸い込む。そうしないと、心臓の音が収まりそうにない。

春輝の字で書かれた宛て先——。

「なんだろう……」

緊張《きんちょう》しながら封《ふう》を開けると、中に入っていたのはポストカードが一枚と、ＤＶＤだった。

綺麗《きれい》な海の写真のポストカードには、『美桜へ』と一言だけ書かれていた。

それをしばらく見つめてから、「そうだ」と思い出して机に向かう。

パソコンを開いてDVDを再生すると、元気いっぱいの子どもたちの声が、公園の映像と一《いっ》緒《しょ》に流れ始めた。

『春輝ーっ、俺も撮って、撮って！』

『一度にいっぱい撮れないだろ』

そんな春輝と子どもたちのやりとりが、まわりの音と一緒に聞こえてくる。

椅子《いす》に腰《こし》を下ろしながら、美桜はその映像を見つめてクスッと笑った。

（春輝君の声……）

変わっていない。アメリカでも楽しそうに撮っているのだとわかってホッとする。

お互いに、今は目指すものがある。

会えない日々が辛《つら》くないかと言われると、寂《さび》しくもなるし、声が聞きたくて泣きそうになる日もある。

『待っていて欲しい……』

短い電話の中で、春輝が伝えてくれた言葉を思い返す。

でも、今はあの言葉があるから。

きっといつか、同じ道を一緒に並んで帰る日もくるだろう。
あの頃のように。

『美桜ー、今日さ、一緒に帰らねえ？』
『うん、じゃあ……部活が終わったら教室にいるね』
『できるだけ、早く終わらせるから』
『大丈夫《だいじょうぶ》』

――待ってるよ。

真夏のバレンタイン
Natsuki
Yu

真夏のバレンタイン

「優、早く、早くっ!!」

夏樹はキャリーバッグを引き、振《ふ》り返って急《せ》かす。

「そんなに急がなくてもいいだろ。それより、前見てないと危ないぞ」

遅《おく》れてやってくる優にそう言われた途端《とたん》、大柄《おおがら》な初老の男性にぶつかりそうになり、「わっ！」と声をあげて後ろに下がる。

その男性は、「Ｓｏｒｒｙ」と少し帽子《ぼうし》をあげながら微笑《ほほえ》んだ。

夏樹は「Ｓｏｒｒｙ！」とあわてて答えて、ペコンッと頭を下げる。

（びっくりしたぁ……）

怒《おこ》られないでよかったと胸をなで下ろしていると、コツンッと頭を小突《こづ》かれた。

優が、『まったく』というように呆《あき》れた顔をしている。

「あわてる必要ないだろー？　時間にはまだ余裕《よゆう》があるんだから」

夏樹は頭の後ろに手をやって、ごまかすように笑った。

「だってさ。じっとしてらんないじゃん。ここはもうアメリカだよ！」

「そーだな」

優は自分のキャリーバッグを引いて歩き出す。

片手で携帯《けいたい》を操作し、時々顔をあげて空港の案内表示を確かめていた。

「あっ、こっちだ」

そう言いながら歩いていく優に、夏樹も急ぎ足でついていく。

「初めての、海外旅行なんだよ！」

浮《う》かれながら言うと、「そーだな」とまた声が返ってきた。

夏樹は焦《じ》れったくなって、「もーっ！　ウキウキしないの!?」と拳《こぶし》を握《にぎ》りながら言う。

優が立ち止まり、チラッと夏樹を見た。

「その前に、バス乗り場を探すのが先」

「私の予感では、こっち！　優がのんびりしてるから、置いていっちゃうよーっ」

「あっ、夏樹。待てって！」

自動ドアに向かって駆《か》け出すと、優が焦《あせ》ったように追いかけてくる。

ドアを一歩出て思いっきり深呼吸してから、ニンマリと笑った。

「アメリカだ――――っ！」

はしゃいで、バッと万歳《ばんざい》する。

すると、目の前に停《と》まっていたタクシーから運転手さんがおりてきて、後ろのトランクを開けた。『乗りな』というように、親指をクイッと後部座席のほうに向けられて、夏樹は優と顔を見合わせた。

夏樹は今年の春、二年通った専門学校を卒業し、今はイラストの仕事を受けたり、アルバイトをしたりしながら、マンガ家を目指して投稿《とうこう》を続けている。

優は大学三年で、八月の今は夏休みだ。

二人がアメリカまでやってきたのは、ただ海外旅行を楽しむためではない。もちろん、優と一緒《いっしょ》の初めての海外旅行だ。大いに楽しみたい気持ちはあるけれど、大切な目的は忘れてはならない。

乗り込んだタクシーの後部座席で、夏樹は自分のバッグを見る。

窓が全開になっているから、外から埃《ほこり》っぽい風が吹《ふ》き込んできた。

優は窓の縁《へり》に肘《ひじ》をかけながら、流れる景色を眺《なが》め、時折携帯を取り出して風景を写している。

（美桜、ちゃんと……届けるからね）

心の中でつぶやいて、夏樹はバッグをギュッと胸に抱《だ》いた。

ここまで来たのは、二人の幼なじみ。
芹沢春輝に会うためだった——。

事の始まりは、今年のホワイトデーだ。

久しぶりに美桜に会うと、ラッピングされた一輪のバラを手にしていた。相手は『秘密かな』と教えてはくれなかったが、ずいぶん嬉《うれ》しそうだった。

バレンタインデーに、美桜はその相手にお菓子《かし》を贈《おく》ったらしい。しかも、手作りのだ。バラはそのお返しなのだろう。

夏樹も優と付き合うようになって以来、バレンタインデーのチョコは毎年手作りだ。『本命』の相手だから、心のこもった手作りチョコを贈りたくなる。

二月に入ると微妙《びみょう》に憂鬱《ゆううつ》そうな顔をする優も、今年贈ったチョコレートプリンは気に入ってくれたらしく、『これ、うまいな』と珍《めずら》しく褒《ほ》めてくれた。去年のガトーショコラが、『丸焦《まるこ》げのなにか』だったことを思えば、格段の進歩と言えるだろう。

高校生の時から美桜はお菓子作りが上手で、彼女が作ってくれたお菓子を部活の合間につまむのが密《ひそ》かな楽しみでもあった。

けれど、バレンタインデーに、彼女が手作りのチョコやお菓子を本命の相手にあげたことは一度もなかったはずだ。

美桜には高校三年間、ずっと片思いをしていた相手がいた。それが、芹沢春輝だ。

二人とも、お互《たが》いを意識していたのは誰《だれ》の目から見ても明らかだったし、『春カップル』なんて冷やかされるくらいにお似合いだった。

部活が終わると、春輝はよく美桜を迎《むか》えにきていた。美桜が教室で待っていることもあったようだ。

二人の恋愛《れんあい》は傍《はた》から見れば順調で、いつ付き合ってもおかしくはなかった。

春輝の留学の話が持ち上がると、すれ違《ちが》いが多くなってしまって、告白に至らないまま卒業を迎えたようだ。

春輝がアメリカに行き、美桜が大学に進学してからは、連絡《れんらく》も取り合っていないだろう。

美桜は、ずっと春輝のことが好きだ。それは春輝も同じはずだ。

夏樹はずっとそう思っていたから、美桜から聞かされた『ホワイトデーのお返し』の話はちょっとした衝撃《しょうげき》だった。

ホワイトデーにバラを贈った相手は、春輝が言っていたように彼女がボランティアをしている『絵画教室』の生徒の誰かなのかもしれない。

ちょうど彼女は絵画教室の帰りだったし、バレンタインデーに教室の人たちみんなにカップケーキを作って配るのはいかにも美桜らしい。そのお返しにもらったバラなのだとしたら、話はわかる。

春輝の話をする時の美桜は、今でもやはり嬉しそうだ。春輝は彼女にとって『特別な人』なのだろう。

ホワイトデーの件はひとまずは杞憂《きゆう》だったとホッとしたものの、二人の『これから』を考えると心配になる。

今はまだ、二人の気持ちは変わっていないのかもしれないが、この先もそうだとは限らない。

美桜に誰か別の好きな人が現れることも、あるかもしれない。

ずっと、それはあり得ないことだと思っていたが、片思いを続けるのに二年という歳月は長い。

大学生になって、美桜は綺麗《きれい》になった。高校の時にはまったくしなかったメイクをするようになったから、というのもあるだろう。服の好みも、高校生の頃《ころ》とは変わった。

それは夏樹も同じだ。子どものころからずっとしていたお団子ヘアを、時折変えるようになった。それは優にちょっと違う自分を見てほしいという気持ちがあるからだ。メイクもしているし、靴《くつ》や服、バッグにもこだわるようになった。

変わらないままでいる、ということは誰にもできないのだろう。

四月の最初の土曜日、買い物を終えた夏樹は商店街を歩いていた。

桜祭りの最中で、造花や、ピンク色のバルーンがアーケードに飾《かざ》られている。

（美桜って、大学で告白されたりしないのかな……）

夏樹は腕《うで》を組みながら考え込む。言い寄ってくる男子くらいいそうな気がするが、美桜の口からは聞いたことがない。合コンの誘《さそ》いもないわけではないだろう。

美桜が大学でどんなふうに過ごしているのかはわからない。

高校生の時のように、毎日顔を合わせてはいないのだ。会うのもよくて一ヶ月に一、二回程度だろう。

親友には変わりないし、メッセージや電話でのやりとりは頻繁《ひんぱん》にしているが、高校の時よりお互い知らないことが増えて、距離《きょり》ができるのはしかたない。

夏樹はCDショップの前で足を止め、窓ガラスに貼《は》られているポスターに目をやる。

アイドルユニットの二人が、煌《きら》びやかな衣装《いしょう》で写っていた。

通りすがりの女子高生二人が、「あっ、LIP×LIPのアルバム出るんだ～！」と嬉しそうに言いながらその前で足を止める。

「予約した？」

「まだーっ、予約していこう。特典なくなっちゃうかもしれないし」

そう話しながら、二人は店内に入っていく。

夏樹は窓ガラスに手をつき、ポスターを凝視《ぎょうし》する。

「そうだよね……春輝よりイケメンな男子が現れて、猛《もう》アタックしてきたら、美桜だってそのつもりはなくてもクラッときちゃうかもしれないし！」

この先、その可能性がまったくないとは言えない。

（春輝も優も危機感ってものがないんだよ～！）

夏樹はため息を吐《つ》くと、窓ガラスから手を離《はな》してトボトボと歩き出した。

「私だって、そんなことはないって思うけどさ……」

美桜と春輝のあいだには、壊《こわ》しがたい繋《つな》がりのようなものがあった。

それは二人が三年という時間をかけて、ゆっくりと大切に育《はぐ》んできたものだろう。

春輝が留学してしまうという結末は、夏樹にとって予想していなかったものだ。それは美桜や他《ほか》のみんなにとってもそうだったはずだ。

春輝自身にとっても同じだったのかもしれない。映画のコンペで賞を獲得《かくとく》しなければ、今頃《いまごろ》日本にいたはずだ。

春輝の人生なのだから、なにをどう選択《せんたく》するのも自由だ。

それを止める権利は幼なじみでしかない夏樹にはない。

美桜と春輝の関係は言葉にするのは難しい。友人同士、といえばそうだ。

二人は付き合っていなかったのだから、彼氏彼女ではない。

けれど、ただの友人というにはお互い、意識しすぎていた。

（美桜が、もし行かないでって言ってたら……春輝、どうしたんだろう？）

留学をあきらめていただろうか。それともやはり、決意は変わらなかったのだろうか。

（でも、美桜は言わないか……）

春輝の足を引っ張りたくはないと、卒業まで気持ちを打ち明けなかったのだ。『行かないで』なんて、言うはずがない。

春輝のことを全力で応援《おうえん》していただろう。自分が辛《つら》くてもだ。

「だいたいっ、春輝が悪いんだよ！　美桜をほったらかしにしてるんだから！」

春輝はまだまだアメリカで留学生活をエンジョイするつもりだろう。

休暇《きゅうか》はあるのに帰ってこようとしないのがいい証拠《しょうこ》だ。

このままでは、本当にいつか美桜の心が春輝から離れていってしまうことになりかねない。

「なんとかなんないのかなぁ……」

首をひねりながら独り言をもらして歩いていると、カランカランとベルの音が聞こえてきた。

見れば、商店街の一角で、抽選《ちゅうせん》会をやっている。

「三等の美顔器、当選おめでとうございます!!」

はっぴを着た男の人が笑顔《えがお》でそう言うと、杖《つえ》をついた老人が耳に手をやりながら、「はぁ!?　ミカンの木!?」ときき返していた。

（抽選会かぁ……どうせ当たんないしなぁ……）

そう思いながら通りすぎようとした時、抽選会のポスターが目に入る。

特等景品、アメリカ旅行、二名様御招待《ごしょうたい》!!

夏樹は足を止めて、思わず二度見した。

「アメリカ、旅行!!」

大きな声をあげながら、バッとポスターの貼られていたパネルに両手をつく。

「これ……いいんじゃない!?」

(春輝が帰ってこないんなら、美桜が会いに行けばいいんだよ!!)

どうして、今までそのことを思いつかなかったのか。

商店街で買い物をした時にもらえる抽選券五枚で一回、引けるようだ。

夏樹は「そうだ!」と、ポケットをさぐる。服を買った時にもらった抽選券をつっこんでいたはずだ。

皺《しわ》くちゃになっているその券を取り出して、枚数を数えてみる。

「ちょうど、五枚あるじゃん!」

夏樹は「よしっ!」と、抽選券を握《にぎ》りしめた。


「お姉さん、頑張《がんば》って。アメリカ旅行、当ててちょーだい!」

抽選券を渡《わた》すと、はっぴを着たおじさんがニカーッと笑った。

(絶対、美桜のために、アメリカ旅行をこの手につかんでみせる!!)

夏樹は深呼吸してから、抽選器のハンドルをグッと握った。

（この一回に、今年の私の全《すべ》ての運を……かける!!）

目をつむって、「えいっ！」とハンドルを勢いよくまわす。

カランッと転がった玉の音に、恐《おそ》る恐る目を開いた。

おじさんと一緒《いっしょ》に受け皿を覗《のぞ》くと――転がっているのは白い玉。

「はいっ、残念賞！　ビタミンドリンク。元気出して！」

渡された瓶《びん》を手に、夏樹は放心した顔で列を離れた。

抽選会のポスターの前で立ち止まって、片手をつきながらがっくりする。

「そんなにうまくいくはずなかったーっ！」

部屋の机でレポートを書いていた優は、いきなり開いたドアの音で振《ふ》り返る。

出入り口に立っているのは、やけに深刻そうな顔をした夏樹だ。

「……どうしたんだ、夏樹？」

無言のまま入ってきた彼女は、座卓《ざたく》の前にペタンと座る。

バッグからどっさり出してきたのは求人誌と、レモンの絵が描《か》かれている瓶だ。その瓶のキャップをひねって開けると、彼女はグイッと飲み干す。酸《す》っぱかったのか、眉間《みけん》に寄っていた皺がますます深くなっていた。

（もしかして……また、投稿《とうこう》したマンガがダメだったとか？）

　専門学校を春に卒業した夏樹は、現在、マンガ家をめざしながらアルバイトとイラストの仕事を掛《か》け持ちしている。

肝心《かんじん》のマンガの投稿はあまりうまくいっていないらしく、そのたびに凹《へこ》んでいた。だから、とうとうあきらめて、就職先を探すことにしたのかもしれない。

（ただゲームかマンガを買いすぎただけかもしれないけど……）

夏樹が隣《となり》の自分の家ではなく、この部屋に駆《か》け込んでくる時は、たいてい話を聞いてもらいたい時だ。

優は書きかけのレポートに目をやってから、小さくため息を吐いた。

明日までに提出する必要のあるものだが——。

立ち上がって、マグカップを手に座卓に移動する。

夏樹は真剣《しんけん》な顔をして、求人誌をめくっていた。

彼女の前に座ると、マグカップをコトッと座卓に置く。

その音で、彼女がチラッと視線をあげた。

「今日、出かけてたんだろ？」

「うん、買い物にね。服が欲しくてさ」

「……で、なんで求人誌、持って帰ってきてんだ？」

夏樹は開いた雑誌の上で拳《こぶし》を握ると、一度うつむいていた。

その肩《かた》が小さく震《ふる》えているのを見て、さすがに心配になる。

「……ほんと、なにかあったのか？」

「よくぞ、聞いてくれました!!」

（いや、なんか嫌《いや》な予感するから、あんまり聞きたくないんだけど……）

しかし、聞かないわけにもいかないだろう。それに気になる。

夏樹は腰《こし》を浮《う》かせて、ズイッと顔を寄せてきた。

（近い……っ！）

思わず後ろに体を引く。

「ねぇ、優……」

「な、なんだよ……」

あと少し顔を寄せれば唇《くちびる》が触《ふ》れそうな距離《きより》で、彼女はジッと見つめてくる。

それを意識した途端《とたん》に、急に口の中がかわいた気がして、動揺《どうよう》したように視線がそれた。

こういうところが、相変わらず無自覚というか、無防備なのだ。

「アメリカに行くのってさ、どれくらいかかると思う？」

唐突《とうとつ》な質問の意図がわからなくて、「は？」とききかえす。

「……アメリカ？」

「そう、アメリカ！」

夏樹は拳を握りながら、力強く言って頷《うなず》いた。

（また……なんで？）

夏樹が突飛《とっぴ》なことを思いつくのは今に始まったことではない。

少し考えてから、『合田がらみか……』と察しをつける。

ホワイトデーに、夏樹は美桜と会っていた。『一大事だよ！』とあわてふためいて部屋に駆け込んできたのは、その日の夜のことだ。

話を聞いて、翌日、二人で春輝に電話をかけた。

ホワイトデーに美桜がバラをもらっていたことが、夏樹はよっぽど気になったらしい。

春輝が言った通り、あれは美桜が『絵画教室の生徒』からもらったものだろう。

春輝も多少は驚《おどろ》いていたが、気にしてはいなかった。

だから、それで終わった話のはずだが、夏樹としては二人が音信不通のままなのが引っかか

っているようだ。なんとかしたいと、またお節介《せっかい》なことを考えているのだろう。

「……けっこうするんじゃないか？」

「そうだよねっ、やっぱり‼」

夏樹はペタンと座り直して、がっくりしている。

「春輝のとこか？」

「なんでわかったの⁉」

「これでも、彼氏だから」

夏樹はびっくりしたように瞬《まばた》きして、急に赤くなる。

「そうだった。時々、そのことを忘れちゃいそうになるんだよね」

「忘れんな」

頰杖《ほおづえ》をつきながら、手を伸《の》ばして彼女の額をパチンと軽く指で弾《はじ》いた。

恥《は》ずかしさをごまかすように夏樹が笑う。それからすぐ、「だってさ」と心配そうに顔を曇《くも》らせた。

「美桜、このままじゃ春輝のこと、忘れちゃうかもしれないじゃん」

「本気でそう思ってんのか？」

優は引っ込めた手でマグカップを持ち、口に運んだ。

「それは思わないけど……」

「夏樹がお節介焼く問題じゃないだろ。会いたいと思うなら、合田が自分でなんとかするんじゃないのか？　そうじゃないってことは、今のままでいいって思ってるんだろう？」

「絶対、春輝に会いたいって思ってるよ！　でも、アメリカは遠いじゃん！」

夏樹は「春輝は戻《もど》ってこないしさ……」と、ふくれっ面《つら》になる。

「で、アルバイト増やして、アメリカに行こうとしてんのか？　夏樹が行ったってどうしようもないだろ。合田が行かないとさ」

「春輝に直接言ってやらないと気がすまないの！」

夏樹は「商店街の抽選《ちゅうせん》はビタミンドリンクしか当たらなかったし！」と、悔《くや》しそうに拳を握《にぎ》る。

「商店街？」

「そう！　聞いてよ、優。商店街で抽選会やっててさ。なんと！」

夏樹はどこからかとってきたらしいチラシをバッと、優に突《つ》きつける。

「特等、アメリカ旅行！　しかも二名様！　ちょっと、すごくない!?」

優はチラシの下に書かれている、『残念賞・ビタミンドリンク。なくなり次第《しだい》終了《しゅうりょう》』の文字を目でたどってから、空の瓶《びん》を見る。

（なるほど……）

「当たんなかったんだな……」

「そう、当たんなかったの。見事なまでに。つかんだのは残念賞！」

（まぁ、そんなに簡単に当たるわけないよな……）

運任せにするのはやめて、自力でなんとかする方法を模索《もさく》することにしたらしい。

（真面目《まじめ》に話聞いて損したかも）

これならレポートを書きながら、聞き流している程度でよかった。

今からでもそうしたい気分だったが、その態度は夏樹を怒《おこ》らせそうだ。それに、夏樹がやってきた時からすでに集中力は切れてしまっている。

「まぁ、どうしようもないんじゃないか？」

少し考えてから、そう答える。

春輝と美桜のことは、二人が考えるべき問題だ。いくら親友のこととはいえ、踏《ふ》み込みすぎだ。

夏樹は「わかってるよ……」と、おとなしくしょげている。

いつもなら、『優の薄情者《はくじょうもの》！』とパンチの一つでもしてくるところなのに。

「でも、美桜には春輝が必要だし、春輝には美桜が必要なんだよ。絶対」

両膝《りょうひざ》を抱《かか》えながら、彼女は独り言のように小さな声で呟《つぶや》いていた。


夏樹の気持ちがわからないわけではない。

叶《かな》うなら、二人にはうまくいってほしいと優自身も思っている。

春輝が今も美桜を忘れていないのは確かなことだ。

彼女のことをどれほど大切に思っているかも、夏樹以上に知っている。

卒業後も連絡《れんらく》を取り合ってきたし、ビデオチャットで無駄《むだ》話をすることもあるのだ。そのたびに、さりげなく美桜の話を振《ふ》ってきた。

春輝から、『美桜、どうしてる？』ときいてくることもある。やはり、気になるのだろう。

優が話せるのは夏樹から聞いたことくらいだ。卒業後、美桜と顔を合わせたのは数回ほどしかない。夏樹と一緒《いっしょ》にいるところに遭遇《そうぐう》して、『久しぶり』と挨拶《あいさつ》をした程度だ。

（合田も春輝のこと、気にしてたよな……）

遠慮《えんりょ》がちに、『春輝君、どうしてる？』ときかれたことを思い出す。

美桜が心がわりするとは、やはり考えにくい。ただ、夏樹が心配する通り、この先も変わらずにいるという保証はどこにもない。

　翌週の土曜日、家庭教師のアルバイトを終えた優は、商店街のアーケードを通り抜《ぬ》ける。レポートを書くのに必要な本を何冊か買って帰る途中《とちゅう》だった。夕方だからか、買い物をする人の姿が多い。

（どうするかな……）

　ふっと息がもれる。

「アメリカに行くったって」

　前に、二人で旅行に行ったことを思い出す。

　あの時は急に決めた旅行だったから近場だった。海外旅行となれば、そう簡単な話ではない。それなりの旅費と準備が必要だ。パスポートの申請《しんせい》もしなければならない。

（俺も、アルバイト増やすかな……）

　ぼんやり考えながら歩いていた優は、数人が列を作っていることに気づいて足を止める。

『抽選会場』と書かれたポスターが、パネルに貼《は》られていた。

（夏樹が言ってた抽選会って、あれか……？）

「今日が最終日！　まだ、特等は出てないよ！」

はっぴを着たおじさんが、抽選器の前で大きな声をあげている。

優は先ほど書店でもらった抽選券をズボンのポケットから取り出した。ちょうど五枚だから、一回は引ける。

「当たるわけないよなぁ……」

そう思いながら抽選券をポケットに押し込んで、通り過ぎようとした。

（でも、な……）

がっかりしていた夏樹の姿を思い出して、ピタッと立ち止まる。

数秒迷ってから、優は足の向きを変えた。

列に並んでみたものの、ほとんど景品は残っていないらしく、前にいた人たちは残念賞のビタミンドリンクを受け取って帰っていく。

（せっかくだし……）

運試《うんだめ》しに一回抽選器をまわしてみるのも悪くはないだろう。

前に進み出て、はっぴを着たおじさんに抽選券を渡《わた》す。

たいして気合いを入れるでもなく抽選器をまわすと、コロンッと玉が転がり出てきた。

ビタミンドリンクを受け取ろうと手を出した直後、カランカランカランッと鐘《かね》が鳴り響《ひび》く。

「特等、アメリカ旅行――――――っ!!」

はっぴを着たおじさんが嬉《うれ》しそうに、大きな声を上げた。

「……え？」

ポカンとしていると、後ろに並んでいた買い物帰りの主婦がびっくりしたように覗《のぞ》き込んでくる。

まわりから、「おおお――っ！」と拍手《はくしゅ》が沸《わ》き起こった。

「おめでとーっ、イケメンのお兄さん!!　特等だよ!!」

出したままだった手を、はっぴを着たおじさんにがっしりと握りしめられる。

「……えぇ!?」

戸惑《とまど》いの声をもらした優のまわりで、なぜか一本締《いっぽんじ》めがおこなわれていた。


家に戻《もど》った優は、玄関《げんかん》のドアノブに手をかけながら隣《となり》の榎本家を見る。

二階を見ると、夏樹の部屋の窓が開いていた。

『特等』と書かれたのし袋《ぶくろ》を一度見てから、ノブから手を離《はな》す。

隣に行き、玄関のチャイムを鳴らして待っていると、ガチャッとドアが開いた。出てきたのは、夏樹の弟の虎太朗《こたろう》だ。

「優、いらっしゃい」

ニカッと笑った虎太朗は、ドアの前を退《ど》けて中に通してくれる。

「おじゃまします」

靴《くつ》を脱《ぬ》いであがりながら、ふと虎太朗を見た。

「虎太朗、背、高くなったよな」

虎太朗のことは子どものころからよく知っている。

妹の雛《ひな》と一緒によく泣いて家に帰ってきたことを思い出すと、笑《え》みがこぼれた。

（ほんと、成長するのって早いよな……）

虎太朗と雛は同い年で、今年の春、高校を卒業して大学に進んだ。

虎太朗は体育大学で、雛は獣医《じゅうい》学部のある北海道の大学だ。

二人とも、進路はかなり悩《なや》んでいたようだが、自分のやりたいことを見つけられたのだろう。

「そうか？　あんまり変わってねーと思うけど。まだ優に追いついてないし」

自分の頭に手をやってから、「あっ、そうだ」と思い出したように言う。

「夏樹は部屋にいるけど、今日はあんまり近づかないほうがいいと思う」

「……怒ってんのか？」

「怒ってるっていうか……なんか、変？　部屋にこもって、ブツブツ言ってるし。優とケンカでもしたのかと思ったけど、違《ちが》うのか？」

「いや……まぁ、ちょっと見てくるよ」

　ポンッと虎太朗の肩《かた》を叩《たた》いてから、奥の階段に向かった。

「夏樹」

　二階に上がって部屋のドアをノックしながら声をかけると、「んー、どうぞ」と声が返ってくる。

　中に入ると、夏樹は座《ざ》卓《たく》に向かってノートになにか書いているようだった。
振り向かないところを見ると、没頭《ぼっとう》しているらしい。

「悪い、もしかして仕事してたか？」

「ううん、いいよ」

　夏樹は「あーっ！」と、急に両手で頭を抱《かか》えた。

「やっぱり、アルバイト増やさないとダメだーっ！」

　そう言いながら疲《つか》れたように、腕《うで》を伸《の》ばして座卓に伏《ふ》せる。

優はドアを閉めると、彼女の向かいに腰《こし》を下ろした。

座卓の上に広げられているのは、小遣《こづか》い帳のようだ。

頰杖《ほおづえ》をつきながら、夏樹を見る。

彼女は、「うーんっ」と悩むような声をもらしていた。

「……そんなにアメリカ行きたいのか？」

「すぐにはムリだけど、ちょっとずつ旅費を貯《た》めておこうと思ってねー」

ノソッと頭を起こすと、「ハァ〜」とため息を吐《つ》いている。

「でも、節約だけじゃなかなか貯まらないんだよね……だから、短期のバイトを増やすか、カフェのバイトのシフトを増やしてもらおうか、考えてたところ。どっちがいいと思う？」

「イラストの仕事だってあるし、マンガの投稿《とうこう》もしないとだろ？　時間なくなるぞー？」

「それはそうだけど〜っ！」

夏樹が歯がゆそうに声をもらした。

頰杖をついたまま、優は反対の手に持っていた景品ののし袋を彼女の前に出す。

「これ、なに？」

「抽選《ちゅうせん》で当たった」

座卓の上に散らばっていたチョコの包みに手を伸ばし、袋《ふくろ》を破ってパクッと頰張った。

「へぇ、優ってクジ運いいもんねー。なにが当たったの？」

夏樹はのし袋を見ながら、ハッとしたような顔でこちらを見る。

「もしかして、なにかのゲーム機とかゲームソフトが当たった!?」

真剣《しんけん》な顔をしてきいてくる彼女に、「外れ」と答えた。

「じゃあ、なにが当たったの？　トイレットペーパー一年分とか？」

「アメリカ旅行」

夏樹が、「……え？」と首を傾《かし》げる。

「夏樹の行きたがっていたアメリカ旅行」

「ええええっ!?」

仰天《ぎょうてん》した声をあげると、彼女は何度ものし袋を見ていた。

ようやく『特等』の文字が目に入ったらしい。のし袋をギュッとつかんだ手が、小刻みに震《ふる》えていた。

「これって…………あの……商店街の抽選会のやつ!?」

「そう」

「なんで、優が!?」

「本を買ったら抽選券がついてたから」

「当たっちゃったの!?」

座卓に両手をつき、グイッと身を乗り出してくる。

「そうみたいだ」

(まさか、俺も当たるとは思わなかったけどな……)

たぶん、今年一年の運は全部使い果たしてしまっただろう。

苦笑《くしょう》しながら、優はもう一つチョコの包みを取る。

「………優」

「んー?」

「だいっっっっ好き――――――っ!!!」

瞳《ひとみ》を輝《かがや》かせながら夏樹が飛びついてきたものだから、倒《たお》れそうになる。

優は、「うわっ!」と焦《あせ》って後ろに手をついた。

夏樹は首に腕をまわしてギュッと抱《だ》きついたままだ。その背中にそっと触《ふ》れる。

「……せっかくなんだから、合田と行ってこいよ」

そう言うと、夏樹が腕をほどいて優を見る。

「いいの?　景品が当たったのは、優だよ!?」

「アメリカに行きたいのは夏樹だろ?　それに合田もだろうし」

彼女は瞳を潤《うる》ませながら、トンッと肩に頭をあずけてくる。

「やっぱり、優……大好きだ」

「うん」

優は目を細めながら、「知ってる」と笑った。


休日に美桜と会うことになった夏樹は、一緒《いっしょ》に店に入る。

高校生の時、よくあかりや美桜と一緒に足を運んだケーキ店だ。

店内の様子は以前と少しも変わっていない。

空いている席に座り、ケーキと紅茶を注文すると、まもなく運ばれてきた。

夏樹が頼《たの》んだのはレモンのレアチーズケーキで、美桜は季節限定の桜のシフォンケーキだ。

一口頬張り、「んー、やっぱり、ここのケーキおいしいよね」と笑顔《えがお》になる。

「うん、そうだね。そうだ。この前、あかりちゃんから新しくできたパンケーキのお店、教えてもらったの。今度、みんなで行ければいいんだけど」

「あかり、今、忙《いそが》しいのかな？」

「そうみたい。なっちゃんと会った時の話をしたら、『行きたかった～』って言ってたよ」

「夜のご飯でもいいから、また三人で行きたいよね。ラーメンとかさ！　あかりにきいてみようかな。美桜は？」

「土日の夜はアルバイトがあるから、それ以外なら大丈夫《だいじょうぶ》だよ」

「じゃあ、平日かぁ。うん、あかりにきいてみるよ」

「また集まれるといいね」

紅茶を一口飲んだ美桜は、「そうだ」と思い出したように言ってカップを下ろした。

「なっちゃんの話って？」

「そうっ、そうなんだよ！　今日は美桜に大事な話があってさ。これなんだけど……」

夏樹はバッグの中から紙を取り出し、バッと彼女に見せる。

景品ののし袋《ぶくろ》に入っていた、旅行のパンフレットだ。

「アメリカ……旅行？」

美桜はそれを受け取ると、目を丸くしてきく。

「実はこの前、商店街で抽選会やってたんだよ」

「ああっ、そういえば……私もやったよ」

絵画教室の時に、美桜はよく商店街を通るから知っていたのだろう。

「美桜、なにか当たった？　それとも残念賞のビタミンドリンク？」

「私もビタミンドリンク。でも、ちょっとおいしかったね」

「そうなんだよ！　見つけたら、買っちゃうかも～って、そうじゃなくて!!」

夏樹はもう一度、「これのこと！」と美桜が手にしているパンフレットを指さした。

「あの抽選会の特等の景品、当たったんだよ！」

声を大きくして言うと、美桜が「え!?」とびっくりする。

アメリカ旅行は自由プランになっていて、行き先は選べるようだ。

「本当に、当たったの？　なっちゃん」

「そう、当たったの！　私がじゃなくて、優がだけどね」

夏樹はニコーッと笑う。

「すごいね。瀬戸口君、運いいんだ」

「私もびっくりでさー。そこでなんだけど……美桜、一緒に行かない？」

「えっ……私？」

「そう！　これ二名なんだー。優もいいって言ってくれたし。だから、私と美桜で、アメリカ行こうよ。春輝に会いにさ」

美桜は開きかけた唇《くちびる》を一度ギュッと閉じて、パンフレットに目をやる。

その瞳が迷うように少しだけ揺《ゆ》らいでいた。

夏樹は彼女が返事をするまで黙《だま》って待つ。すぐに決断できない気持ちもわかるからだ。

「なっちゃんと瀬戸口君の気持ち、すごく嬉《うれ》しいよ……」

しばらくしてから、美桜は視線を下げたまま口を開いた。

「じゃあっ！」

「でも、これはやっぱり、なっちゃんと瀬戸口君が行ってきて」

顔をあげると、美桜はパンフレットを夏樹の手に返した。

「美桜、春輝に会いたくない？」

「会いたいよ……すごく会いたい」

（やっぱり、そうなんだ……）

我慢《がまん》するように、美桜はギュッと自分の手を握《にぎ》りしめていた。

美桜の気持ちは今も春輝に向いている。だとしたら、なおさらその思いを春輝に繋《つな》げたい。

「行こうよ、美桜。こんなチャンスそうないよ！」

「うん、そう思う。すごくラッキーなことだよね」

美桜は「でも……」と、言葉を詰《つ》まらせてから、困ったような表情を見せて微笑《ほほえ》んだ。

「今、春輝君に会ったら、泣いちゃいそうだから……」

「本当に、それでいいの？」

「うん、私は待ってるよ。そう約束したの。だから、なっちゃんと瀬戸口君は春輝君に会ってきて。きっと喜ぶと思うよ」

夏樹は「そっか……」と、ため息まじりに呟《つぶや》いた。

美桜が心に決めているのなら、それ以上『行こう！』とは強く言えない。

気を取り直すように、笑みを作る。

「美桜がそう言うなら……優と一緒に行ってくるよ。会ったら、ちゃんと美桜に連絡《れんらく》しろーって言っておくからね！」

いつもの軽い調子に戻《もど》って言うと、美桜がクスッと笑った。

「あのね、なっちゃん……一つだけ、お願いしてもいいかな？」

「いいよ！　なんでも言って。春輝をグーパンで一発ＫＯしとく？」

グッと拳《こぶし》を作ってみせると、美桜は「ううん」と首を横に振《ふ》る。

「春輝君に、渡《わた》してほしいものがあるの……今はまだ準備が出来てないんだけど。なっちゃんたちが行くまでには間に合わせるから！」

「うん……わかった」

夏樹は、「必ず、渡すよ！」と笑顔で答えた。

夏樹と優がアメリカを訪れたのは八月初めだ。

本当はすぐにでも旅立ちたかったのだが、アルバイトやイラストの仕事があるため休みが取れなかった。それに、優も大学の勉強や家庭教師のアルバイトがある。

八月なら春輝と優は休暇《きゅうか》中だ。その時のほうが、ゆっくり時間が取れるということで少し先延ばしになったのだ。


宿泊《しゅくはく》先のホテルに荷物を預けた後、春輝のアパートに向かう前に公園に立ち寄る。

カフェに入ってもよかったのだが、入り口に停《と》まっていたキッチンカーで売られていたホットドッグとアイスコーヒーがおいしそうに見えた。

木立に囲まれた公園は、日《ひ》陰《かげ》になっている場所もあり、涼《すず》しかった。

近所の子どもなのか、スケートボードやサッカーボールで楽しそうに遊んでいる。

ベンチに座った夏樹は、ケチャップとマスタードがたっぷりかかったホットドッグを頬張《ほおば》る。

風のそよぐ音が心地《ここち》よかった。

「んーっ、おいしい！」

思わず笑みがこぼれる。

隣《となり》を見れば、優は携帯《けいたい》を見ながら場所を確認《かくにん》している。ヒョイッと横から覗《のぞ》くと、表示されているのは現在地を示している地図だ。

「アパートの場所、わかりそう？」

「たぶん……学校の近くだって言ってたから、そっちをまず探すほうがいいかも」

そう言いながら、優は顔をあげて公園の出入り口を見る。

通りの建物を確認しているのだろう。

「夏樹、ちょっとここで待ってて」

優は持っていたホットドッグの包みを夏樹に渡して立ち上がる。

「どこ行くの？」

「公園の前に案内板があったから見てくる。ついでに、春輝に電話してくるよ。着いたって、報告してないし」

携帯だけを手にベンチを離《はな》れようとした優は、ふとその足を止めて振り向いた。

「そこ、離れんなよ」

「うん、大丈夫《だいじょうぶ》。荷物見てるから」

「すぐ戻る」

優は携帯だけを手に、公園の出入り口に小走りに向かう。

その姿を見送りながら、夏樹は唇についたケチャップとマスタードをペロッと舐《な》めた。

優のホットドッグを見れば、まだ一口も食べていない。

公園を出ると、優は案内板の前で電話をかけていた。その姿を見ながらもう一口食べる。

その時、サッカーボールがコロコロと足もとに転がってきた。

子どもたちが夏樹を見て、手を振りながらなにか言っている。

（これ、取ってってことかな？）

夏樹は立ち上がると、塞《ふさ》がっている両手のかわりに、「えいっ」とボールを蹴《け》る。

飛んでいったボールを、子どもはうまいこと足で受けてドリブルし始めた。

（そういえば、優たちもいつもサッカーして遊んでたよね……）

優と春輝が夢中でボールを蹴っていて、蒼太が木の棒で地面に得点を書く。ブランコを思いっきり漕《こ》ぎながら、夏樹は笑ってその様子を眺《なが》めていた。

真夏の強い日差し。綿飴《わたあめ》のような白い雲。公園中を包む蟬《せみ》の声。

当たり前だったなんでもない日常が懐《なつ》かしくて、目を細める。

子どもたちが遊んでいるのをしばらく眺めていた夏樹は、ベンチに座ろうとふと横を見た。

女の子が夏樹のバッグから覗いているラッピングのリボンを、物珍《ものめずら》しそうにのぞき込んでいた。その子が見上げてきたので目が合う。

小学校に入ったばかりくらいの歳《とし》の子だ。色違《いろちが》いのゴムで左右の髪《かみ》をキュッと結んでいる。

ニーッと笑いかけられたので、思わず同じように笑い返した。

（かわいいなぁ）

自分も、こんな感じだったのだろうか。そんなことを考えていると、女の子がパッと夏樹のバッグをつかむ。「えっ」と思った時には、女の子はバッグを頭の上に掲《かか》げながらタタタッと走って逃《に》げ出していた。

ポカーンとしていた夏樹は、我に返ってあたふたしながら両手に持ったホットドッグを見る。

「待って、それ大事なもの！！！」

焦《あせ》って声をあげたものの、こんな時にすぐに英語が出てこない。

（ええっと、なんて言うんだっけ〜〜〜っ!!）

旅行ガイドブックの後ろに『困った時の会話集』がついていたから、しっかり予習してきたはずなのに、思い出せるのはコーヒーの注文の仕方や、お会計の方法ばかりだ。

「とにかく、返して〜〜〜っ!!」

両手で持っていたホットドッグをベンチに置くと、急いで追いかける。

あれを持っていかれては困る。

女の子は追いかけてくる夏樹を見るとあわてたのか、ポイッとバッグを放《ほう》り投げた。

それをジャンプして受け止めたのは、サッカーをしていた少年の一人だ。

「ああっ、ちょっと！」

夏樹は少年のほうに足の向きを変えた。

子どもたちはすっかりおもしろがっているのか、「わーっ！」と笑いながら逃げていく。夏樹のバッグはラグビーボールのような扱《あつか》いだ。

『お姉さん、捕《つか》まえてみなよ～！』

バッグを手にした少年が、挑発《ちょうはつ》するように言う。

「もーっ、そういうつもりなら！」

これでも、かけっこなら得意だ。子どものころは、優や春輝にも負けなかったくらいだ。

夏樹が本気になって走ると、さすがにあわてたのか子どもたちが公園の裏手から外に飛び出していった。

（ええっ、ちょっと～～～っ!!）

夏樹は一瞬《いっしゅん》迷って振り返る。優は公園を出たところにある案内板を見ながら、まだ春輝と電話をしているようだった。

（ごめん、優。すぐ戻るから！）

バッグをなくすわけにはいかない。夏樹は「待てーっ！」と、拳を振り上げながら子どもたちを追いかけていった。


春輝と電話しながら、優は案内板の地図を指でたどる。

「たぶん、わかったと思う」

『そっち、迎《むか》えに行こうか？』

「いや、大丈夫。そんなに離れてないみたいだし……もし、わからなくなったらまた連絡《れんらく》する」

『わかった。夏樹、一緒《いっしょ》にいるんだろ？』

「公園でホットドッグ食べてると……」

公園の中を覗いた優は、「えっ？」と急ぎ足で引き返した。

『優？　どうした？』

公園の中に入り、自分たちが座っていたベンチまで戻《もど》る。

そこに残されているのは、自分のリュックと、二人分のホットドッグ。それに氷が溶《と》けかけているアイスコーヒーのカップだけだ。

（夏樹……!?）

公園の中を見まわしても、彼女の姿は見当たらない。

それに、先ほどまで遊んでいた子どもたちの姿も消えていた。

離れたベンチに座っている高齢《こうれい》の女性が、のんびりと鳩《はと》に餌《えさ》をやっている。

『おい、優……なにかあったのか？』

春輝の心配そうな声が、握《にぎ》りしめた携帯から聞こえてきた。

それを優は耳に当てる。

「………夏樹が消えた」

ぼう然としたまま答えると、春輝が数秒の沈黙《ちんもく》の後で『………はぁ!?』と驚《おどろ》きの声を上げた。

（夏樹………っ！）

優は通りを走りながら、夏樹の姿を捜《さが》す。

似たような服装の女性を見つけて、「あっ」と一瞬声をかけそうになったが別人だった。

足を止め、垂れてきた汗《あせ》を手で拭《ぬぐ》いながら息を吐《は》く。

『優、いたか？』

携帯《けいたい》から春輝の心配そうな声が聞こえてくる。

「いや……いない……どこかで、迷ったのかも」

まわりは見覚えのない建物ばかりだった。

（どこにいるんだ……）

息を弾《はず》ませながら、少し前屈《まえかが》みになって膝《ひざ》に手をやる。

それほど走ったわけではないのに、心臓がバクバクしていた。

日差しが眩《まぶ》しくて、目がくらみそうだ。

春輝と電話しているわずかなあいだのことだから、それほど遠くには行っていないだろう。

どこか横道に入ったのかもしれない。そう思って、近くを捜してみたが姿は見えなかった。

優は体を起こすと、もう一度周囲に目をやる。

春輝が何度も『優』と呼んでいるのに、その声も耳に入らなかった。

『おい、優！』

強く呼ばれてハッとする。

携帯を耳に当てると、『落ち着けよ』と春輝に言われた。

（そうだ。俺が焦ってどうするんだよ……）

「悪い……大丈夫《だいじょうぶ》……」

声が自分でもはっきりわかるくらいに震《ふる》えていた。

優は片手で前髪《まえがみ》をかきあげながら、まわりを見る。

（大丈夫、夏樹のことだから、道がわかんなくて迷子になってるだけなんだ）

『夏樹に電話してみたか？』

「さっき、何度かかけたけど……繋《つな》がらなかった」

『……俺もそっち行くから。そのあいだ、もう一回、かけてみろよ』

「わかった……そうする。悪いな、春輝」

『いいって、夏樹が人騒《ひとさわ》がせなのは、いつものことだろ？』

電話の向こうで春輝が軽く笑ったのがわかり、優もつられて少し笑《え》みを作る。

春輝と連絡がとれていてよかったと、心の底から思う。こういう時は、誰《だれ》よりも頼《たよ》りになる。

（ほんと、俺は……ダメだな）

夏樹のことになると、途端《とたん》に余裕《よゆう》がなくなってしまう。

子どもの頃《ころ》から、彼女の突飛《とっぴ》な行動に振《ふ》り回されてきたからだろうか。夏樹は予測を超《こ》えるようなことをたびたびしでかすから。

春輝との電話を終えると、すぐに夏樹にかけてみた。

いくら待ってみても、呼び出し音が鳴り続けるだけだ。

かけ直してみても、それは変わらない。

『夏樹、どこにいるんだ？』

メッセージを打ち込んで送信する。同じようなメッセージが並ぶだけで、既読《きどく》にもならない。

それが余計に不安を駆《か》り立てる。

（携帯、見てないのか……？）

夏樹も迷ったなら、すぐに電話をかけてくるはずだ。

それなのに、彼女からの連絡はない。

優は携帯に表示された夏樹の名前をジッと見つめて、唇《くちびる》を強く噛《か》む。

（どこにいるんだよ、夏樹…………）

夏樹は追いかけていた子どもの姿を見失ってしまって、「あれ？」とあたりを見まわす。通りに並んでいるのは、見覚えのない店ばかりだ。

「ここ……どこ!?」

子どもたちを捜そうにも、みんなちりぢりに逃《に》げてしまったらしい。

夏樹は「これってもしかして……」と、冷や汗まじりに呟《つぶや》いてからバッと両手で頬《ほお》を押さえた。

「私、迷子になっちゃってる――――っ!!」

（どうしよう……携帯もバッグの中なのに！）

優に連絡を取るどころか、自分のいる場所を確認《かくにん》することもできない。

ガイドブックについていた携帯用の地図を持っているのは優だ。

「とにかく、さっきの公園に引き返そう！」

優も捜しにきてくれるかもしれない。

夏樹は焦《あせ》ったように駆け足で来た道を引き返した。

バッグは優を見つけた後で、さがすしかないだろう。

(やっぱり、いない……か……)

優は公園内を見まわしてから、肩《かた》を落とした。

「優！」

呼ぶ声がして振り返ると、春輝が走ってくる。

二人で手分けして捜しているが、一人で戻ってきたということは春輝も見つけられなかったのだろう。

「いなかったのか？」

春輝も公園内に視線を向けて、夏樹の姿を捜している。

「ああ……」

バスや電車で移動したわけでもない。歩ける範囲《はんい》は限られている。

いよいよ嫌《いや》な予感がしてきて、「警察に言ったほうがいいのかも」と不安とともに口にした。

「電話にも出ないんじゃな……」

春輝も深刻な顔になっていた。携帯をもう一度確かめてみても、やはり連絡《れんらく》はなく、メッセージも既読になっていない。

ゴロッと空が鳴りだして、公園内の木々が一斉《いっせい》に葉を揺《ゆ》らした。

風が強くなったようだ。さきほどよりもあたりが暗い。青空が消え、一雨きそうな灰色の雲が広がっていた。

春輝は「ちょっと、待ってろ」と、優を残してベンチに向かう。

おばあさんと隣《となり》に座っている女の子に声をかけると、二人は顔を見合わせていた。

優も気になり、話しかけている春輝のそばにいく。

「そのお姉ちゃんなら、知ってるよ！」

女の子がプラプラと足を揺らしながら、元気に答える。

優と春輝は思わず顔を見合わせた。

春輝はその場に片膝《かたひざ》をつくようにしゃがむと、女の子と目線を合わせる。

「どこに行ったか、教えてくれるか？」

「んー……わかんないけど、お兄ちゃんたちと追いかけっこしてたよ？」

「お兄ちゃんって、君の？」

優が横からきく。

「うん、そう！」

頷《うなず》いた女の子が「お兄ちゃんだ！」と、声をあげてベンチからピョンと飛び降りた。

笑い声をあげながら公園に入ってきた男子たちのもとに、彼女は駆け寄っていく。

男子の一人が持っているバッグを見て、優は「あっ！」と声をあげた。

「春輝、あれ、夏樹のバッグ！」

指をさしながら言うと、春輝もそのバッグを見た。

男子たちは春輝と優が見ていることに気づくと、「ヤバいっ！」と声をあげる。

全員があわてたようにクルッと足の向きを変え、逃げ出そうとしていた。

「……優、挟《はさ》み撃《う》ちにするぞ」

春輝の言葉に頷いて、左右に分かれながら走り出した。

「待て、お前ら！」

春輝が声をあげると、男子たちが振り返って「わーっ！」と、声をあげる。

そのあいだに優は反対方向からまわり込んで、逃げ道を塞《ふさ》いだ。

あっという間に追いついた春輝が、男子の襟《えり》をグイッとつかんで取り押さえる。

「うわっ、はなせ！」

男子が振りまわすバッグを、優がパッと取り上げた。

「ゲームセットだ」

春輝が言うと、他《ほか》の子どもたちも『あーあ』という顔で逃げるのをやめる。観念したのだろう。

バッグを取り上げられた男子も、ふくれっ面《つら》をしながらもおとなしくなる。

それを見た女の子が、「お兄ちゃん、捕《つか》まっちゃった」とおかしそうに笑っていた。

「うひゃーっ、降り出した！」

夏樹はあわてて近くのカフェのオーニングの下に駆け込んだ。

あっという間に服がずぶ濡《ぬ》れになる。

あたりは雲のせいで薄暗《うすぐら》く、周囲の景色が雨にかすんでいた。

夏樹は重くなったTシャツの裾《すそ》をギュッと絞《しぼ》る。

（優、絶対、心配してるよね……）

携帯《けいたい》も財布《さいふ》もなく、自分の居場所すら確かめようがない。

すぐに公園に戻《もど》るつもりだったのに。散々走りまわったせいで足も痛い。

夏樹はぐっしょり濡れている自分のスニーカーに目をやった。

水たまりを踏《ふ》んだせいで汚《よご》れてしまっている。

（やっぱり、優に言っておけばよかった……）

バッグを取り戻さなければと焦って、思わず一人で公園を飛び出した。

子どもたちもいなくなるし、道もわからなくなるなんて。公園を出てから一時間以上経《た》っている。優も心配して捜《さが》しているだろう。

『そこ、離《はな》れんなよ』

そう言われたことを思い出す。

しばらく、雨は止《や》みそうにはなかった。

夏樹は両腕《りょううで》で膝を抱えながら空をぼんやりと見つめる。

（子どもの頃《ころ》も、こうやって優が捜しにきてくれるの待ってたっけ……）

小学校の林間合宿の時のことだ。一人、迷子になってしまい、そのうえ雨が降り出したものだから、あわてて木の下に逃《に》げ込んだ。

どうやったら戻れるのかもわからなくて、どうしていいのかわからなくて、優の名前を小さな声で呼びながらずっと泣いていた。

『夏樹ーっ！』

あの時、聞こえた声を思い出し、少しだけ目を細めた。

（優、めちゃくちゃ心配してたよね……私を見つけて駆《か》け寄ってくるなり、『なにやってんだよっ！』って怒《おこ》ってたもの）

優もずぶ濡れになっていて、ズボンや靴《くつ》が泥《どろ》だらけになっていた。その姿を見たら、不安がパチンと弾《はじ》けて、『うわーんっ！』と大泣きしながら優にしがみついていた。

春輝と蒼太が遅《おく》れてやってくるまで、ずっとそのまま泣いていただろうか。

優はそのあいだ、ひどく困った顔をしていた。

「………優」

不安な声が唇《くちびる》からこぼれる。

膝を抱えた手にギュッと力をこめて、うつむいた。

いつまでも子どもではないのだから、優に心配をかけるのはやめなければいけない。そうわかっていたのに。

夏樹ははなをすすりながら、グイッと顔をあげる。

「落ち込んでる場合じゃないってば！」

こんなところに座り込んでいても、なに一つ解決しないだろう。

夏樹は気を取り直して立ち上がる。

「大丈夫《だいじょうぶ》。そんなに離れてないんだから。誰《だれ》かにきけばいいんだ！」

といっても、この大雨だ。歩いている人はほとんどいない。

夏樹は後ろを向き、窓ガラス越《ご》しにカフェの店内を覗《のぞ》いてみる。

カウンターの中で仕事をしている店員の男性が見えた。客は一組しかいない。

「お店の人に……きいてみようかな？」

夏樹は「でもな～」と、躊躇《ちゅうちょ》する。

英語に自信がない。旅行用のかんたんな英会話の本は読んできたけれど、覚えているのはお会計の時のやりとりと、注文の仕方くらいだ。

（優がいるからなんとかなると思ってたけど、もうちょっとちゃんと勉強してくるんだった!!）

夏樹は「うーんっ」と、両手で頭を抱える。

高校生の時から、英語の授業は大の苦手だったのだ。テストのたびに、毎回優の特訓を受けていたことを思い出す。

『あの………』

遠慮《えんりょ》がちな声が聞こえて、夏樹はパッと振《ふ》り返った。

先ほどカウンターにいた店員の男性が、ドアを開きながら顔をのぞかせている。

「わあっ！　ごめんなさい！」

夏樹はわたわたして謝る。もしかして、こんなところで雨宿りしていたから迷惑《めいわく》に思われたのだろうか。

ガバッと頭をさげると、店員の男性はびっくりしたように目を丸くして外に出てきた。

「えーと、もしかして、ニホンの人ですか？」

たどたどしい言葉づかいできかれて、夏樹は「え？」と顔をあげる。

「そうっ、ニホンの人！」

わかる言葉で話しかけられたことにホッとして、そう答えた。

「あっ、よかった。違《ちが》ってたらどうしようかと……」

相手の男性も、頭の後ろに手をやって安堵《あんど》したように緩《ゆる》い笑《え》みを浮《う》かべる。

気の弱そうな雰囲気《ふんいき》の青年だった。髪《かみ》はボサッとしていて、エプロンの肩紐《かたひも》がずれている。

「どうしたんですか？　なにか困っているなら……」

そう尋《たず》ねてきた彼に、夏樹は瞳《ひとみ》を輝《かがや》かせながらズイッと顔を寄せる。

「困ってる!!　すっごく困ってる！！！」

青年は焦《あせ》って後ろに下がろうとして、大きくよろめいていた。

「ナツキはそのバッグを取り戻そうとしているうちに、迷子になったっていうこと？」

「そう！　バッグも見つからないし、優にも連絡《れんらく》できないし、道もわからないし、どうしようって思ってたら、雨まで降り出しちゃったんだよね」

「それは……えっと、なんて言うか……サイナンだったね」

その通りだと、夏樹はため息を吐《つ》いた。

店内に夏樹を通してくれた青年は、ダニエルという名だと教えてくれた。

彼が大学で日本語を勉強していたのは幸いだった。向かいの椅子《いす》に腰《こし》を掛《か》けて話をきいてくれる。

声をかけてくれなければ、ずっと外のオーニングの下で雨があがるのを待っていなければならなかったところだ。

借りたタオルで髪や腕を拭《ぬぐ》っていると、テーブルの上にドンッとマグカップがおかれる。驚《おどろ》いて顔を上げると、無愛想《ぶあいそう》な年配の男性がトレイを手に立っていた。

その男性は夏樹をジロッと見てから、無言のままカウンターに引き返す。

夏樹は戸惑《とまど》いながら、テーブルの上のマグカップを見る。

たっぷりはいっているのは、ホットのカフェオレだ。

「あの……ダニエル。言いにくいんだけどさ……私、バッグの中にお財布いれたままで……今、お金を持ってないんだよ」

夏樹は彼に顔を寄せながら、コソコソとした声で言う。

カウンターのほうにチラッと目をやると、先ほどの男性は椅子に腰掛けて新聞を広げながらラジオを聴《き》いていた。

「ああっ、その心配……大丈夫だよ。あの人、店長なんだ。これはサービスだから」

ダニエルはそう言って、ニコッと笑う。

「本当に、いいの!?」

「うん、困ってる時はお互《たが》い様って言うだろう？」

「ありがとう！　いただきます」

マグカップを両手で持ちながら口に運ぶ。一口飲むと、甘さとミルクの味が優《やさ》しくておいしかった。体の中からじんわりと温かくなる。

「そのユウに、連絡できれば迎《むか》えにきてもらえそう？」

「たぶん……」

（春輝と一緒《いっしょ》にいるかもしれないし……）

「じゃあ、電話をかけてみたら？　店の電話から」

そう言って、ダニエルはレジの横にある電話機を指さした。

「あっ、そうか！」

夏樹は思わず腰を浮かせたが、数秒考えてから腰を戻《もど》す。

「やっぱり、ダメだ！」

「えっ、どうして？」

「私……優の携帯《けいたい》の電話番号覚えてなかった～っ‼」

がっくりしてから、「あっ、でも！」と顔をあげる。

「もしかしたら、思い出せるかも！　もうちょっとで、思い出せそうな気がする！」

思い浮かんでくる番号は、どれも違うような気がする。

しばらく悩《なや》んだ末に、「やっぱりダメだぁ」とうなだれた。

ダニエルも困り顔になっている。

「さっきの公園に戻れば、優も見つけてくれるかもしれないけど」

窓の外を見れば、雨脚《あまあし》が強まっている。

「その公園って、どのあたり？」

「それがわかんないんだよね。ホットドッグ売ってた公園なんだけど。それほど大きい公園じゃなかったし……でも、そんなには離《はな》れてないと思う」

夏樹はそう答えてから、「あっ、そうだ」と思い出してダニエルを見た。

「春輝の学校の近くなんだよ！」

「ハルキ……？」

「私と優の友達で……このあたりに、映画の学校ってない⁉」

「ああっ、うん。あるよ。ハルキはその学校に通ってるんだよね？」

「そう！　春輝に会いにきたんだよ。私と優は」

「もしかしたら、そのハルキとは連絡が取れるかもしれないな……」

顎《あご》に手をやりながら、ダニエルが少し考えて言う。

「えっ、本当に⁉」

「うん、僕の友人も同じ学校に通っているから」

地下鉄の駅の前で、優は通り過ぎる人の姿を目で追う。

傘《かさ》から垂れてきた雫《しずく》が、肩をすっかり濡《ぬ》らしていた。車が通り過ぎ、水がビシャンッとはねる。

（子どものころも……こんなことあったよな……）

林間合宿の時、急にいなくなった夏樹を大騒《おおさわ》ぎして捜《さが》したことがある。あの時も大雨だった。どろどろになりながら歩きまわって、木の下にしゃがみ込んでいる夏樹の姿を見つけた時には、心臓がどうにかなりそうだった。

（ほんと、世話が焼けるんだから……）

「優ーっ！」

声がして顔をあげると、春輝が駆《か》け寄ってくる。

「夏樹の居場所、わかった」

そう言って、春輝は携帯を手にニカッと笑った。

「えっ、どこだ!?」

「カフェにいるそうだ。俺の学校のやつから、連絡がきた」

春輝もどういう事情なのかさっぱりわからないらしく、「なんでだ？」と首を傾《かし》げていた。

優は「カフェ……」と、拍子抜《ひょうしぬ》けして呟《つぶや》いた。

とりあえず、雨の中で途《と》方《ほう》に暮れている心配はなさそうだ。

「場所は聞いたから…………おい、優。大丈夫《だいじょうぶ》か？」

膝《ひざ》から力が抜《ぬ》けたようにその場にしゃがみ込み、返事のかわりに頷《うなず》く。

「…………優がこんなに動揺《どうよう》してんの、久しぶりに見たな」

疲《つか》れたように顔をあげると、春輝が笑っていた。

「春輝ーっ、ナツミが見つかったって？」

「エリック、違うってば。ナツコだよ、ナツコ！」

「えーっ、ナターシャじゃねーの⁇　捜してんのは」

賑《にぎ》やかな声をあげながらやってくるのは、捜索《そうさく》を手伝ってくれた春輝のルームメイトと学校の友人たちだ。

「「ナ・ツ・キだ」」

優と春輝は同時に答えてから一緒になって笑った。


一番奥の席で、夏樹は両手に持ったマグカップを口に運ぶ。

窓の外を見ると、雨が小降りになっていた。いつの間にか増えていた客の声が、店内にかかっている曲と一緒に聞こえてくる。

春輝とは連絡《れんらく》が取れたのだ。待っていれば、優と春輝が迎えにきてくれるだろう。

ひとまず自分のことはなんとかなりそうだ。それよりも、問題なのはバッグのほうだろう。

（見つからなかったら、どうしよう〜〜！）

夏樹はマグカップをテーブルに下ろして、深いため息を吐《つ》く。

「美桜に合わせる顔がないよ……っ！」

預かったものの中身はわからないが、渡《わた》された箱は丁寧《ていねい》にラッピングされてリボンが結んであった。

あれには、美桜の今の気持ちが込められている。

『会いたいよ……すごく会いたい』

声を詰《つ》まらせながらそう言った彼女のことを思い出した。

会いに行けないかわりに、託《たく》されたものだったのに。

それをなくしたのでは、なんのためにアメリカまでやってきたのかわからない。

（大事なものは優に持ってもらえばよかったのに、私ってばうっかりしてるのにもほどがあるよ！）

自己嫌悪《けんお》に陥《おちい》りそうになっていると、ガシャーンと大きな音が店内に響《ひび》く。

ダニエルがあわてて身をかがめ、床《ゆか》に散らばったカップの破片《はへん》を拾い集めていた。

夏樹は大丈夫だろうかと心配になる。顔をしかめている女性客に、彼は何度も謝っているようだった。靴《くつ》にコーヒーがかかったのだろう。

そのうちに、また一組の客が入ってきて空いている席に座った。

カウンターにいる店長はコーヒーをいれたり、フライヤーにポテトを放《ほう》り込んだりと忙《いそが》しそうに動きまわっている。

店員はダニエルだけのようで、少しも間に合っていない。

そのうえ、床に広がったコーヒーに足を滑《すべ》らせ、ズデンッと尻餅《しりもち》をついていた。

（ああっ、わかるっ！　私も最初のころはよくやっちゃってたんだよね！）

夏樹は専門学校に通っていた頃《ころ》から、カフェでアルバイトをしている。最初は今の彼のように失敗して、焦《あせ》ってばかりいたから人ごととは思えない。

こうして雨宿りをさせてくれたうえに、春輝に連絡まで取ってくれたのだ。

（カフェオレ一杯《ぱい》分くらいは、働かなきゃね！）

夏樹は「よし！」と、立ち上がった。

「手伝うよ！」

声をかけると、モップで拭《ふ》いていたダニエルが驚《おどろ》いた顔をする。

カウンターに向かうと、カップの下に伝票が敷《し》いてあった。席番号が書かれているからなんとかなりそうだ。

(よし、やるかっ)

気合いを入れて、夏樹はトレイを手にした。

「コーヒーMサイズと、アップルパイ、それと大盛りのポテトです！　それから、次は……三番テーブルにカフェラテとチーズバーガーだね！」

伝票を確認《かくにん》しながら、テーブルに次々と運ぶ。

カウンターに戻《もど》ると、コーヒーをいれていた店長がチラッと夏樹を見た。

出されたマグカップとアップルパイ、それにポテトの皿をトレイに載《の》せて、伝票を手にクルッと身をひるがえす。

忙しい店内なら、もうすっかり慣れている。アルバイトしているカフェはこの三倍はお客さんがやってくるのだ。それに、動いているのはきらいではない。

窓際《まどぎわ》席で待っていた初老男性の前に、「お待たせしました！」とカップを置く。

男性は夏樹を見るとニコッと笑って、「Thank you」とお礼を言ってくれる。それが嬉《うれ》しくて、夏樹も笑《え》みを返した。

カフェのドアを開いて中に入った優は、「えっ、なんで？」とあっけにとられて呟いた。

賑わっている店内で、元気いっぱいに働いているのは他《ほか》でもない。

夏樹だ。

注文を受けたり、カウンターに並べられる料理や飲み物を運んだりと、忙しそうに動いている。

「夏樹……なにやってんだ……？」

ドアを入ったところで思わず尋《たず》ねると、パッと彼女が振《ふ》り向いた。

「あっ、優!!」

嬉しそうな顔をしてから、「ああっ、でもちょっと、待ってて〜。これ片付けちゃうから！」とテーブルの上のカップをテキパキとトレイに載せる。

優は既視感《きしかん》に襲《おそ》われて、眉間《みけん》を指でつまんだ。

(これって、いつもの夏樹のアルバイト先に行った時の光景、だよな)

それを遠く離《はな》れたアメリカで見ることになるなんて、誰《だれ》が思っただろう。

後から、春輝がドアを閉めながら入ってくる。

「あれ、夏樹……なんで、働いてんだ？」

春輝も夏樹を見るなり、怪訝《けげん》そうな顔をする。

いきなり姿が消えて、連絡もつかなくなり、散々街中を捜《さが》しまわったというのに。

ようやく見つけてみればこれだ。

（人の気も知らないで………っ！）

優は色々言いたいことを堪《こら》えて、大きく息を吸い込んだ。

「夏樹っ！」

優の声が店内に響き、一瞬《いっしゅん》賑《にぎ》やかな店内がシンッとなった。

お客さんたちが、「なんだ？」というように一斉《いっせい》に振り向く。

夏樹もトレイを手に、「え？」と動きを止める。

眉間に皺《しわ》を寄せたまま、優は客席の間を通り抜《ぬ》けた。

その表情を見て、夏樹もさすがに怒《おこ》っているのがわかったのだろう。

顔を強《こわ》ばらせてトレイを両腕《りょううで》で抱《だ》きしめる。

「優……あの……えーと、これには事情があって………」

「なにやってんだよっ！」

夏樹がギュッと目をつむって、首をすくめる。
店内の客たちも、息をのむように二人を見守っていた。
「…………ごめんっ…………」
うつむいた夏樹の口から、小さな声がもれる。
優はその頭を少し乱暴に、濡《ぬ》れているシャツに引き寄せた。
（ほんとに、生きた心地《ここち》しなかったんだよ……）
心臓の音が速くなったままなのは自分でもわかる。
「離れんなって……あれほど言ったろ」
息を吐《は》き出してから、声のトーンを落として言った。
夏樹は優の胸に顔を埋《うず》めたまま、「うん」と頷《うなず》く。
急に堪えきれなくなったのか、「うわ——んっ！」と大きな声をあげて泣き出した。
その手が濡れている優のシャツをギュッとつかむ。
「ごめん……優……本当……ごめんっ！」
力一杯《ちからいっぱい》抱きついてきた彼女の背に、優は腕をまわした。
（ったく…………）
ギュッと抱きしめようとした時、急に店内に拍手《はくしゅ》の音が広がる。

感動したように声をあげて立ち上がったのは客たちだ。

そのひやかしの声に、「えっ？」と二人は顔を見合わせる。

ここが店内で、人前だったことを思い出し、優はバッと両腕をあげた。

「人生最大の失態かも……」

真っ赤になった顔を片手で押さえながら思わず言うと、夏樹がおかしそうに笑いながら腕にギュッと抱きついてきた。

「ったく……相変わらず、人騒《ひとさわ》がせなカップルだな」

腰《こし》に手をやりながら、春輝が笑う。

「あの〜」

遠慮《えんりょ》がちに声をかけられて振り返ると、店員の青年がコーヒーのカップをトレイに載せてそばに立っていた。

「もしかして、俺に連絡《れんらく》くれた人か？」

「そうです。ダニエル・カーターって言います。君がハルキ？」

「そう。ありがとうな。おかげですげー助かった！」

「あっ、いえ……こっちこそ。彼女が手伝ってくれて大助かりでした」

ペコッと頭をさげてから、ダニエルは夏樹と優を見る。

「…………ユウって、男の人だったんだな」

ポツリとつぶやいたダニエルを、春輝はチラッと見る。

彼はその視線に気づくと、「あっ、いや……会えて本当によかった」と少し焦ったように言って苦笑《くしょう》していた。

春輝はその肩《かた》を軽く叩《たた》いてから、二人に視線を戻す。

「……カメラ、持ってくれればよかったな」


「色々、ありがとうね！　ダニエル」

「うん、元気で、ナツキ。それに……ユウも」

ダニエルが差し出した手を、優は「ありがとう」と握《にぎ》り締《し》めた。

カウンターから出てきた店長が、無愛想《ぶあいそう》なまま夏樹に紙袋《かみぶくろ》を渡《わた》す。

中に入っているのは、紙で包んだサンドイッチとテイクアウト用のカップに入ったコーヒーのようだ。

夏樹はびっくりして店長の顔を見てから、「ありがとうございました！」と頭を下げた。

店長は腕を組みながら頷いただけで、すぐにカウンターに引き返す。

「じゃあ、元気で！」

「君たちこそ」


夏樹たちは手を振りながら、ドアを開いて店を出る。

雨はすでにあがり、夕焼け色の空が顔を覗《のぞ》かせていた。

それを見上げて、「うーんっ！」と腕を上に伸《の》ばす。

「こういうことは、これ一回きりにしてくれ」

優にコツンッと額を小突《こづ》かれて、「うん……」と小さく頷いた。

（もう、絶対、離れないよ……）

照れ隠《かく》しに笑ってから、「そうだ！」と声をあげた。

「春輝、久しぶりーっ！　元気だった？」

夏樹は春輝の背中を、パンッと強く叩く。

携帯《けいたい》で友人たちと連絡をとっていた春輝が、呆《あき》れた顔で振り向いた。

「その挨拶《あいさつ》は、もっとフツーに聞きたかったんだけどな」

「ごめん！　でもさ、春輝って学校でも有名人なんだね。おかげで、連絡とれてよかったー」

「たまたま、俺のこと知ってたやつがいたんだ。でもまあ、俺としても夏樹がいつも通りで安心したけどな。あんまり、優を心配させんな」

夏樹は優と視線を交《か》わしてから、「反省してます……」と小さくなって答えた。あんな不安な思いは、もうこりごりだ。


電話がかかってきて、春輝がすぐに出る。相手は学校の友人たちのようだ。

「悪い、夏樹、優。ちょっと急用が入ったみたいだ！」

話が終わると、申し訳なさそうにパチンッと手を合わせる。

「ええっ、せっかく会えたのに～？」

「夏樹が迷子にならなきゃ、もうちょっとゆっくり話ができたんだ」

優がポンッと頭に手をのせてきた。

「そうだけど～っ」

「明後日《あさって》までいるんだろ？　あっ、そうだ。これ、やるよ」

春輝がポケットから取り出した封筒《ふうとう》を優に渡す。

「近くの劇場でやってるミュージカルのチケット。二人で楽しんでこいよ。せっかくなんだし」

「えっ、ミュージカル⁉」

夏樹の顔がパッと輝《かがや》く。

チケットを確かめていた優が、「いいのか？」と春輝に視線を移した。

「そのためにとったんだよ。俺も三回ほど観《み》たけど、すげーよかったから。じゃ、また後で連絡する。夏樹、今度は迷子になるなよーっ」

走り出した春輝が、振《ふ》り向いてニカッと笑った。

「春輝、学校の友達によろしくな。お礼、言っといて」

優があわてて言うと、『わかった』というように軽く手をあげていた。

その姿が通りの角を曲がって見えなくなるまで見送る。

「春輝、相変わらずだね。ところで、学校の友達って？」

「夏樹を一緒《いっしょ》に捜《さが》してくれたんだ」

「そうなの⁉　じゃあ、お礼言わなきゃ！」

「そのつもりだった」

優がクルッと足の向きを変えたので、夏樹も隣《となり》に並んでいっしょに歩き出す。

それから、急に大事なことを思い出して、「あっ！」と声をあげた。

「そうだ、バッグさがさなきゃっ！！！」

こうしている場合ではなかった。焦《あせ》っていると、優が自分のリュックを下ろして開く。

「これだろ？」

中に入っているのは、間違《まちが》いなく自分のバッグだ。

夏樹は目を見開いて、優とバッグを交互《こうご》に見る。

「えっ、なんで、優が持ってるの⁉」

「公園で子どもが持ってたの、返してもらった。イタズラのつもりだったって謝ってた」

渡されたバッグの中身を急いで確かめてみる。美桜からあずかったものは、ちゃんと入っていた。リュックにいれてくれていたおかげで、それほど濡《ぬ》れてもいない。携帯なども入っている。

「よかった～～っ!!」

夏樹はホッとしてバッグを抱《だ》きしめる。

「戻《もど》ってこなかったら、どうしようかと思った……」

「なにが入ってたんだ？」

「美桜から預かってたもの。春輝に渡さなきゃいけなかったのに！」

春輝の姿はもうとっくに見えない。

「私、ちょっと追いかけて……っ！」

駆《か》け出そうとすると、優にパシッと腕《うで》をつかまれた。

「また連絡するって言ってたんだから、すぐに会えるだろ。その時でいいんじゃないか？　今日はもう追いかけっこは勘弁《かんべん》」

「それもそっか……」

早く渡したい気もするが――。

（アメリカにいるんだから、焦ることないよね）

あわてて渡すより、美桜のことをきちんと伝えて渡したい。

「それまで、なくさないようにしないと！」

「ホテルに一度戻るか？　着替《きが》えたいし」

「うん、そうだね」

笑顔《えがお》で答え、優と一緒に歩き出した。

雫《しずく》が落ちて、水たまりに波紋《はもん》ができる。

夕日に染まったアスファルトの道を、車が走り抜《ぬ》けていった。

ミュージカルは、春輝がすすめてくれただけあり、時間を忘れるほど楽しくて夢中になった。

コミカルな場面や、泣かせる場面もあり、最後はキュンッとするような場面もあって、劇場を出た後もしばらく興奮が冷めなかった。

「楽しかった～～っ!!　もう一回、観《み》たいね！」

「そうだな。春輝に後でお礼言っとかないと」

優も満足したように頷《うなず》く。

宿泊《しゅくはく》先のホテルが見えてきたところで、夏樹はピタッと足を止めた。

「あのさ……」

袖《そで》を引っ張ると、優が立ち止まって振り返る。

「どうしたんだ？」

「今日は……本当に、ごめんね！」

思い切って伝えると、少し驚《おどろ》いた顔をされる。

「バッグも夏樹も無事だったんだから……いいって」

優は優《やさ》しく笑うと、ホテルの前の階段をあがろうとする。

（でも、いっぱい、心配かけたよね……）

カフェに迎《むか》えにきてくれた優は、ずぶ濡れだった。

傘《かさ》を持っていたのに、走りまわっているうちに濡れたのだろう。

日々の変化の中で、人の気持ちも関係も変わってしまう。

美桜たちの話を聞いた時、ほんの少しだけ不安になった。

自分たちはどうなのだろう、と。

けれど、変わることも悪いことではないのだろう。

優と夏樹の関係も最初から同じだったわけではない。

出会った時には、ただのお隣さん。それが幼なじみになって、『好き』の気持ちはいつの間にか、『恋《こい》』になっていた。

念願の彼氏彼女になれても、幼なじみから変われなくて、最初は手を繋《つな》ぐことも、くすぐったくてしかたなかった。

今は手を繋いでいない時のほうが、なんだか物足りないと感じてしまう。

これから、先はどうだろう？

どんなふうに変わっていくのだろう。

未来は予測不能。思いがけないことの連続。

泣くことも、笑うこともあるのだろう。
けれど、どんなことがあっても、優と一緒がいい。
ずっとその気持ちは変わらない。子どもの頃《ころ》も、今も。
（私にとって、優が一番だね）
夏樹の唇《くちびる》に笑みがこぼれる。
誰《だれ》よりも好きで、誰よりも大切に思っているから。
これからも、好きでいさせてね——。

「夏樹……？」
優が二段ほど階段をあがったところで足を止めて振《ふ》り返った。
夏樹はトンッと階段をあがり、少しだけつま先立ちになる。
ホテルのあかりに照らされた二人の影《かげ》が、重なり合って歩道にまで伸《の》びていた。
こちらを見ていたベルボーイの青年がびっくりしたようにスーツケースを落とす。
夏樹は踵《かかと》を下ろすと、後ろに両手をやって照れ隠《かく》しに笑った。

「あっ、そうだ。カフェでもらったサンドイッチ、食べないと！　お腹空《なかす》いたよね〜〜」

軽い足取りで階段をあがり、ホテルのドアに向かう。

「優、早く来ないと私一人で全部食べちゃうよ〜？」

クルッと振り返ると、優はまだその場でかたまったまま、真っ赤になった顔を片手で押さえていた。


「なーんか、慌《あわ》ただしかったな」

空港まで見送りにきてくれた春輝が、両手をズボンのポケットにいれたまま笑った。

出発ロビーを、キャリーバッグを引いた人たちが行き交《か》っている。

「でも、楽しかったよ。春輝がくれたチケットのおかげで、ミュージカルも観られたしね！」

「昨日は夏樹の買い物にずっと付き合わされてたけどな」

疲《つか》れたような顔をして、優が苦笑いした。

「だって〜。あかりや美桜にもお土産《みやげ》買わないとだし！　それに、お父さんたちにもいるじゃん」

「虎太朗のぶん、ちゃんと買ったのか～？」

「あー……うん、空港の中で適当に買うよ。ナッツのチョコとか」

「せめてTシャツにしろ」

「そうだ、これ。咲兄に渡《わた》しておいてくれよ。会う機会があったらでいいから」

春輝が優に紙袋《かみぶくろ》を渡す。中にはどっさりDVDが入っている。

「春輝が撮《と》ったやつか？」

「そのうち送ろうと思ってたんだけどな……」

「わかった。渡しとく」

「そうだっ、忘れないうちに！」

夏樹は思い出して、優のリュックから包みを取り出した。

「これ、美桜から。春輝に渡してって頼《たの》まれてたの」

手に押しつけるようにして渡すと、春輝は驚いたようにその包みを数秒見つめていた。

「本当は……美桜が一番来たかったんだよ」

夏樹は真剣《しんけん》な顔になって言った。

一度唇を結んでから、春輝はその場で包装紙をあける。

「なんだったの？」

気になってきくと、春輝の口もとがフッと緩《ゆる》んだ。

「なんで、夏に手編みの手袋《てぶくろ》なんだよ……」

呟《つぶや》くように漏《も》れた声は、この場にいない美桜に向けたものだろう。

夏樹と優は顔を見合わせた。中身がなんだったのかは、夏樹も聞いていなかった。

アメリカに行く数日前に、渡されたものだ。

『これ、春輝君に……ずっと、渡せなかったから』

その時の美桜の言葉を思い出す。

春輝は手袋と一緒《いっしょ》に入っていた小さなカードを手に取る。

そこには一言、メッセージが添《そ》えられていた。


『HAPPY VALENTINE』


カードをジッと見つめる春輝の瞳《ひとみ》が優しくなる。

「美桜に伝えてほしい……ちゃんと、受け取ったからって」

「うん、わかった……必ず伝えるよ」

そう答えて、夏樹は笑う。

（美桜、きっと喜ぶね……）

それだけでも、ここまでやってきた意味はあったのだろう。

搭乗《とうじょう》時刻を知らせるアナウンスが流れ、優が腕時計《うでどけい》に目をやった。

「夏樹、そろそろ時間……悪いな、春輝。見送りに来てもらって」

「いいや、俺も会えてよかった。気をつけろよー、夏樹が空港内で迷って、乗り遅《おく》れたりしないようにな」

春輝が夏樹を見てからかう。

「そんなことあるわけないじゃんっ！」

「なんだか、イヤな予感してきた……」

優が不安そうな顔をして呟く。

「もーっ、優まで！」

夏樹がふくれっ面《つら》をすると、二人はおかしそうに笑っていた。

（美桜、ちゃんと届けたよ……）

MILK

恋人たちのハッピーバースデー
Souta
Akari

恋人たちのハッピーバースデー

八月の後半、蒼太は優に誘《さそ》われて釣《つ》りに来ていた。

キャンプ場が管理している釣り堀《ぼり》だ。

あたりに響《ひび》く蟬《せみ》の声や鳥のさえずりを聞きながら、かれこれ二十分ほどこうして座っているが、垂らした釣り糸はぴくりとも反応しない。

「えっ、春輝に会いに行ったの!?　夏樹と優」

アメリカ行きの話を初めて聞いた蒼太は、びっくりして優を見る。

「商店街の抽選《ちゆうせん》会で当たったんだ。たまたま」

「アメリカ旅行が？」

「そう、アメリカ旅行が」

（そんなことって、本当にあるんだ……）

蒼太は昔から抽選や福引き的なものは一つも当たったことがない。

「優って、なにかと運がいいよね」

「そうか？　普通《ふつう》だろ」

「普通はアメリカ旅行なんて、当たらないって」

蒼太は片手で頬杖《ほおづえ》をつきながら、水面を見つめる。

底が見えるくらいに澄《す》んでいるが、魚が寄ってくる気配はない。

イワナが釣れると看板には書いてあるものの、岩陰《いわかげ》に隠《かく》れているのか影《かげ》も形も見えなかった。

いるのは石の上にのんびりと寝《ね》そべっている亀《かめ》くらいだ。

「春輝、元気にしてた？」

「ああ、元気にしてた」

「どこか、観光とかしてきた？」

「春輝にミュージカルのチケットもらったから、それを観《み》にいって適当に買い物したくらいだな」

「ミュージカルかぁ、いいなぁ」

本場のミュージカルとなれば、見応《みごた》えもたっぷりだろう。

脚本《きゃくほん》や小説を書いている蒼太としては、一度くらいは観てみたいものだ。

（あかりんと一緒《いっしょ》に観られたら最高だけど……）

「春輝も一緒に？」

「俺と夏樹。春輝は急用で帰った。それに……色々あったし」

「色々って？」

「ちょっと、トラブルっていうか、予定してない事が起こったから……そのせいで、あんまりゆっくり話せなかったんだ」

蒼太は苦笑いしている優の顔をジッと見てから、水面のほうに視線を戻《もど》した。

「夏樹が迷子になったとか？」

「………まあ、そんなとこ」

「それ、予定通りじゃん」

聞かなくても血相を変えて夏樹を捜《さが》しまわる優の姿が浮《う》かんできて、つい笑いそうになる。

子どもの頃《ころ》から、夏樹を捜すのは優の役目だった。

「もちたはなにしてたんだ？」

「ほとんど家にこもってたよ」

優が誘ってくれなければ、今日も机に向かって、脚本の修正を行っていたことだろう。

『もちた、出かけないか？』と優から電話がかかってきて、『行く！』と即答《そくとう》したのは昨日のことだ。

せっかくの休みなのに、思い出になるようなイベントの一つもないのはあまりにも悲しい。

「例の演劇サークルのか？」

「無茶《むちゃ》すぎるんだよ。二週間で二時間舞台《ぶたい》のオリジナル脚本一本書けとかさー。構想から練らないといけないのに」

七月中にようやく書き上げたというのに、稽古《けいこ》のたびにシーンを追加したり、変更《へんこう》になったりするものだから、毎日のように手直しさせられている。

「こっちにだって、予定ってものがあるんだよ」

「早坂と出かける約束でもしてたのか？」

蒼太は沈黙《ちんもく》した後で、「……ないよ」と拗《す》ねた顔で答えた。

「夏休みはなんの予定もなくて、暇《ひま》を持て余してました」

夏休みに入る前は、海に行ったり、映画を観にいったり、花火大会に出かけたりしたいと、二人で一緒に計画も立てていた。

それなのに予定が合わなくて、一つも実行できていない。

「僕だって、あかりんとデートくらいしたかったんだーっ！」

自棄《やけ》になって大きな声で言うと、優が慰《なぐさ》めるようにポンッと肩《かた》を叩《たた》いてきた。

「悪かった……もちた。また、釣りに誘ってやるから」

「そういえば、夏樹は？」

ふと思い出して尋《たず》ねる。

「合田と会ってる。旅行のお土産渡《みやげわた》すって」

「……合田さん、元気かな？」

ホワイトデーの時、商店街にあるパティスリーの前で美桜に会ったことを思い出す。絵画教室の帰りだったようだ。

「そうなんじゃないか？　俺も会ってないけど、夏樹とよく電話してるみたいだし」

「春輝、合田さんのこと、なにか言ってた？」

「ああ……夏樹が伝えてるんじゃないか？」

「ならいいけど……春輝もちゃんと連絡《れんらく》とればいいのに」

春輝のことはもちろん親友だから心配になるが、美桜の気持ちを考えるとやるせない気持ちになる。

(ずっと離《はな》れたままって、辛《つら》いよね……)

あかりと一月《ひとつき》会わないだけで、たまらなく声が聞きたくなってしまうのだ。それが二年も続いたら、きっと途中《とちゅう》で我慢《がまん》できなくなって、会いに行ってしまうだろう。

「春輝も、会いたくならないのかな……」

休暇《きゅうか》はあちらの学校にもあるのだろうから、少しだけでも戻ってくればいいのだ。

「そんなに心配か？」

「それはそうだよ。優は心配にならない？」

「俺は大丈夫《だいじょうぶ》だと思ってるんだけどな。二人とも、お互《たが》いのことはちゃんと考えてるだろうし」

「優って、物わかりがよすぎだよね」

優が「そうか？」と、笑う。

「そうだよ……」

頬杖をついたまま、蒼太はため息を吐《つ》く。

心配しているのは、二人の気持ちが変わってしまうことではない。むしろ、その逆だ。

（あの二人って、初恋《はつこい》をずっとこじらせていそうだもんなぁ）

放《ほう》っておくと、十年でも二十年でもこのままでいるだろう。

春輝も今はまだ、留学後のことまでは考えていないだろう。

どうするつもりなのか――。

（僕が悩《なや》んだってどうしようもないけどさ……）

「あっ、もちた。かかったんじゃないか？」

言われた直後、グイッと糸が引っ張られて椅子《いす》から腰《こし》が浮く。

「わっ、優っ、どうすんの、これ⁉」

よろめくように立ち上がりながら、焦《あせ》って声をあげた。

引っ張られた勢いで、竿《さお》を持っていかれそうだ。

「もちた、リール！」

「えっ、リール⁉」

釣《つ》りをするのはこれが初めてだから、すぐには反応できない。

あたふたしながら必死にハンドルをまわしていると、つり上げられたイワナがパシャッと水面で跳《は》ねる。

「釣れたーっ‼」

二人は興奮したように声をあげて、パンッと片手を合わせた。


八月最後の土曜日、蒼太は大学構内にある学生会館のホールにいた。

所属している演劇サークルの稽古場になっていて、通し稽古《げいこ》が行われている最中だった。

　このサークルに誘《さそ》われたのは春のことだ。まったく入るつもりはなかったのだが、サークルの先輩《せんぱい》に捕《つか》まってしまい、有無《うむ》を言わさず加入させられた。

　小説や脚本を書いているという話が、どういうわけか知られてしまったらしい。頼《たの》まれて断りづらかったというのもあるが、稽古を見学しているうちに『楽しそうかも』と思ったのだ。

　まんまとはめられてしまった気がするが、今さら言っても後の祭りだ。やめたいなどと口にしようものなら、椅子にくくりつけられて、サークル部員たちがあの大げさな演劇口調と芝居《しばい》がかった動きで説得を試みてくるに違《ちが》いない。それだけは、気が滅入《めい》って夢に出てきそうなので勘弁《かんべん》してもらいたい。

　それに、自分が書いた脚本《きゃくほん》が舞台になる、という誘惑《ゆうわく》にはやはり抗《あらが》いがたいものがある。

　サークルに入ったこと自体は、実のところそれほど後悔《こうかい》はしていなかった。むしろ、いい勉強になる。

　エアコンが故障しているせいで、窓を開放していても蒸《む》し暑い。だから、役者たちもさっきから少しも気合いが入らず、ダラダラと台詞《せりふ》を口にしながら動いているだけだ。

　それを後ろのほうでボーッと眺《なが》めながら、持っていた赤ペンを指の上でクルッとまわす。

脚本の台詞をチェックしながらアドリブや修正箇所《かしょ》を記入しなければならないが、この調子では必要なさそうだ。

(旅行かぁ……)

釣りに行った時に聞いた優の話を思い出す。その前は夏樹と一緒《いっしょ》に近場の海へドライブをしていたようだ。

傍《はた》から見ていると、羨《うらや》ましくなるほど順調な二人である。

それに比べると、自分とあかりの進展がひどく遅《おそ》いように思えた。

優と夏樹は幼なじみだ。高校を卒業してからようやく付き合い始めた自分たちとは、歩む速度が違うのは当然のことだ。それはわかっているが、話を聞けば焦りも感じる。

自分たちには自分たちのペースがある。

遅くても、少しずつは前に進んでいる——はずだがこのところ自信が持てない。

二人で旅行するどころか、夏休み中のデートはほぼゼロだったのだ。

付き合っているのに、この状態は非常にまずい気がする。

「とんだ茶番だったな!!」

役者の声が耳に入ってきて、顔をあげる。

主人公がバッとほっかむりを投げ捨てると、「やってしまえ！」と狼藉《ろうぜき》者たちが抜《ぬ》いた刀を振《ふ》りかざす。

といっても、今は稽古《けいこ》なので刀に見たてたモップの柄《え》だ。「わーわー」と打ち合っているが、全員の動きがバラバラでひどい様子だった。

腕《うで》を組んで見ていた河村《かわむら》先輩が、「ストーップ！」と声をあげる。

河村美紀《みき》という名で、この演劇サークルの代表をしている人だ。蒼太を勧誘《かんゆう》したのもこの人である。

役者もやるが、今回は舞台監督《かんとく》だ。真っ赤な縁《ふち》の眼鏡《めがね》をかけた、スラッとした女性だ。

蒼太が頼まれた今回の脚本は、『時代劇ヒーローアクションもの』だ。

「なにやってんだいっ！」

美紀の威勢《いせい》のいい声がホールに響《ひび》き渡《わた》る。

「かかしが戦ってんじゃないんだよ！　全然なってない。貸しなっ！」

美紀は立ち上がり、ポカンと突《つ》っ立っている役者からモップを奪《うば》い取る。

「こうやるんだよっ！」

モップを振りまわしながら襲《おそ》いかかってくる彼女の鬼《おに》の形相を見て、他《ほか》の役者たちが悲鳴をあげる。
誰彼《だれかれ》かまわず容赦《ようしゃ》なくぶちのめそうとしてくるものだから、みんな右往左往して逃《に》げまわっていた。もうめちゃくちゃで、稽古どころではないだろう。

それもこれも、全部、エアコンが壊《こわ》れていて暑いせいに違いない。

蒼太はため息を吐き、考え事に戻《もど》る。

高校を卒業し、付き合い始めてから二年にはなる。

会えない日は多いけれど、連絡《れんらく》は欠かしていない。

二人で一緒にいられる日には、カフェに行ったり、買い物に付き合ったりもしている。

去年のクリスマスイブは、あいにくと予定が合わなくて一緒にいられなかったが、お正月には初詣《はつもうで》にもいった。

今年のバレンタインデーも、あかりからチョコレートをもらった。

お返しに、彼女が好きなパティスリーのホワイトデー限定のクッキーセットを贈《おく》ったのだが——。

（これって、高校生の時とあんまり変わってなくない⁉）

「やっぱり、今のままじゃダメだ！」

蒼太は勢いよく立ち上がって、大きな声をあげた。

これでは、ただの友達と大差ない。胸を張って、『恋人《こいびと》』と言えるようになりたい。

（あかりんを、旅行に誘おう！）

決意を固めて、グッと拳《こぶし》を握《にぎ》る。

もう一歩だけ、距離《きょり》を縮めたい。

（せめて……せめてっ！！！）


「蒼太ーっ、逃げろーっ!!」

焦《あせ》っている部員の声でハッとする。

「成敗――っ！」

声をあげた美紀が、モップを振りかざして突進《とっしん》してくるところだった。

すっかり役に入り込んでいるから、目が据《す》わっている。

「うわぁ〜〜〜っ!!」

蒼太は転がりそうになりながら、身をひるがえして逃げ出した。

（あかりんの行きたいところってどこだろうな……）

大学の正門を出て歩き出すと、空が赤く染まっていた。

以前、あかりがカフェで読んでいたのは、ヨーロッパ旅行の記事が載《の》った雑誌だ。『美術館に行きたいな』と、楽しそうに話していたのを思い出す。

「海外旅行かぁ……」

さすがにそれは、今すぐというわけにもいかないだろう。優のように抽選《ちゅうせん》会の景品の旅行が運良く当たれば別だが、そんな幸運は簡単に舞《ま》い込んできそうにない。

初めての旅行が海外というのも、ステップアップしすぎな気がする。

（優と夏樹だって、最初は近場の旅行だったし。やっぱり、無難に温泉旅行とか……）

腕を組んで歩きながら、遮断機《しゃだんき》の手前で立ち止まった。

電車が通り過ぎるのを待つ間、考え込む。

ようやく遮断機が上がると、横で待っていた女子高生たちが楽しそうに話をしながら歩き出した。

「とにかく……どこに行くにしても、まず旅費をどうにかしないと」

独り言をもらしながら蒼太も遅《おく》れて踏切《ふみきり》を渡る。

小説の原稿《げんこう》料だけでは、到底《とうてい》足りないだろう。

時たま雑誌に短編小説を載せてもらっているだけなのだ。

（やっぱり、アルバイトするかな……）

時間はなんとか作るしかない。

優や美桜のような家庭教師のアルバイトは正直、向いていないだろう。人に教えるのは苦手だ。

（後で、求人サイト見てみるかな……）

そんなことをぼんやりと考えていると、携帯《けいたい》が鳴る。

確かめると、あかりから新着メッセージが入っていた。

『蒼太君、今日、お時間ありますか？』

（なんだろう……急に）

蒼太があかりの住むアパートの近くまできた時には、空が薄暗《うすぐら》くなり始めていた。

彼女が実家を出て大学の近くに部屋を借りたのは、去年の秋頃《ごろ》のことだ。

一人暮らしのほうが集中して制作ができるからだろう。

デートの帰りにアパートの下まで送ってくることはあっても、彼女の部屋に入ったことはない。だから、妙《みょう》に緊張《きんちょう》してくる。

（なにか壊れたからなおしてほしい……とかかな？）

部屋の電球が切れたのかもしれない。彼女に会えるのなら蒼太としてはどんな用事でも大歓《だいかん》迎《げい》だ。けれどあかりは、そんな簡単な用事でわざわざ連絡してこないだろう。

アパートに到着《とうちゃく》すると、正面玄関《げんかん》のインターホンを鳴らす。

「あかりん？　今、着いた……」

『蒼太君！　今はちょっとダメなの！』

あたふたしているあかりの声が、スピーカーから聞こえてくる。

「えっ、ダメって？」

蒼太は戸惑《とまど》ってききかえした。『家に来てほしい』とメッセージを送ってきたのはあかりのほうだ。指定された時間ぴったりのはずだ。

『そこで待ってて。もうちょっとだけ！』

「う、うん、いいけど……大丈夫《だいじょうぶ》？　なにかあった？」

なにかトラブルに見舞《みま》われているのかもしれないと心配になってきいたが、『大丈夫！』という彼女の声とともに通話が切れてしまう。

（大丈夫……じゃない気がするけど）

蒼太は彼女の部屋のある二階の角部屋を見上げる。

鍵《かぎ》を開けてもらえなければ、中には入れない。

（まさか、なにか事件に……）

正面玄関の中を落ち着きなく往復してから、「やっぱり、なにかあったんだ！」と携帯で彼女に電話をかける。

先ほどのあかりのあわてようはただ事ではなかった。

（強盗《ごうとう》犯か逃亡《とうぼう》犯が部屋に立てこもっていて人質《ひとじち》にされているんじゃ……それでさっきも脅《おど》されていて……っ！）

ミステリー小説のような妄想《もうそう》がわいてきて、「どうしよう！」とうろたえる。

電話がなかなか通じないから、余計に不安が増す。

いざとなったら、この正面玄関のガラス戸をぶち破って中に入るか、なんとかして二階によじ登り、ベランダから侵入《しんにゅう》するしかない。

（って、そんなアクション映画のヒーローみたいなことできないって〜〜！）

それ以外に彼女を助ける方法がないのだとしたら、覚悟《かくご》を決めるしかないだろう。

心臓がバクバクし始めてきた時、ようやく電話が繋《つな》がった。

「あかりんっ！　今、助けに行くから！」

蒼太は携帯を耳に押しあてながら、早口で伝える。

『あっ、蒼太君？　今、玄関の鍵を開けるね』

いつものあかりのふんわりした声が聞こえてきて、「え？」と拍子抜《ひょうしぬ》けした声がもれた。

階段で二階に上がった蒼太は、彼女の部屋の前で一瞬《いっしゅん》、躊躇《ちゅうちょ》する。

（本当に大丈夫……なんだよね？）

部屋のチャイムを鳴らすと、『開いてるから、入って』とあかりの声が聞こえてきた。

蒼太は慎重《しんちょう》な手でノブをまわす。少しだけ開いてみると、中は暗かった。

「あかり……？」

不安の拭《ぬぐ》えない声で呼びながら、恐《おそ》る恐る足を踏み入れる。

その瞬間、パンッとなにかが弾《はじ》けるような音がした。

「うわぁ！」

びっくりした拍子《ひょうし》によろめいて、そのまま尻餅《しりもち》をつく。

急にまわりが明るくなり、恐る恐るつぶっていた目を開けると、紙吹雪《かみふぶき》や紙テープがヒラヒラと舞っていた。それが頭にかかる。

（え…………？）

なにが起きたのかすぐにわからなくて、蒼太は瞬《まばた》きした。

ニコニコしながら見下ろしているのは、パーティー帽子《ぼうし》をかぶったあかりだ。

紳士《しんし》風の先がクルンッとカールした髭《ひげ》の棒まで手にしている。

「あ……あかりん……!?」

「ハッピーバースデー！　蒼太君」

彼女はそう言いながら、蒼太の頭にもパーティー帽子をかぶせる。

廊下《ろうか》の壁《かべ》に目をやると、紙で作った飾《かざ》りや画用紙に描《か》いたイラストが貼《は》ってあった。

（あ…………そうか……）

「今日、僕の誕生日か……」

すっかり忘れていたことに気づいて、ポカンとしたまま呟《つぶや》いた。

「パーティー会場にようこそ！」

あかりが笑顔《えがお》で言いながら、蒼太の両手を引っ張り起こした。

慌《あわ》てて靴《くつ》を脱《ぬ》ぐと、彼女に連れられて奥の部屋に移動する。

リビングにもパーティーの飾り付けがされている。

『ハッピーバースデー　蒼太君』

大きな模造紙にはメッセージと、かわいいチビ蒼太のイラストが描かれていた。

天井《てんじょう》に浮《う》かんでいるのは、色とりどりの風船だ。


「座って」

そう言われて、クッションに腰《こし》を下ろす。

座卓《ざたく》の上に用意されているのは、パエリアとサラダ、それにミネストローネだ。

「これ、全部、あかりんが作ってくれたの？」

びっくりしてきくと、そばに座った彼女は両手を後ろに隠《かく》しながら少しだけ視線を泳がせる。

「……本当は、もう一品、メインの料理があったんだけど。それは、間に合わなくて……」

キッチンのオーブンレンジをチラッと見ると、扉《とびら》の隙間《すきま》から黒い煙《けむり》が出ていた。

（それで慌ててたんだ……）

「……びっくりした？」

のぞき込んでくる彼女の瞳《ひとみ》が、期待に輝《かがや》いている。

「腰が抜《ぬ》けそうになるくらい、びっくりしたよ」

そう答えると、あかりは弾けるような笑顔になった。

「じゃあ、乾杯《かんぱい》しよう」

彼女の言葉に、「うん」と頷《うなず》く。

二人分のグラスに、あかりがジュースを注いでくれた。

「蒼太君の誕生日に」

手に持ったグラスをカチンッと合わせると、照れくささをごまかすように二人とも笑みをもらす。

「……ところで……その髭、あかりんの手作り？」

「うん。蒼太君のぶんもあるよ？」

「それ、僕も持たなきゃダメ!?」

「もちろん」

彼女は楽しそうな顔をしながら、紙で作った髭とカメラを見せた。

「写真を撮《と》ろうよ」

「じゃあ、せーので」

頭がくっつきそうなほど近くに寄ると、二人そろってカメラに向かってピースする。

笑った瞬間を、パシャッと写した。

「蒼太君、似合ってる」

あかりはさっそく画像を確認《かくにん》しながら、クスクス笑っている。

何日も前からパーティーを企画《きかく》して、楽しませることを色々と考えてくれたのだろう。

（ああ、すごく嬉《うれ》しいな……）

胸がじんわりと熱くなる。


「あかり……」

名前を呼ぶと、彼女が視線をあげて蒼太を見る。

頬《ほお》に触《さわ》ると、緊張《きんちょう》しているのがわかった。

「ありがとう」

額をコツンと合わせると、あかりがためらうように見つめてくる。

今、この瞬間、彼女の瞳に映っているのは自分だけだ。

ハッピーバースデー
蒼太君

そう思うと、胸がドキドキしてくる。

目と目を合わせたまま、蒼太は微笑《ほほえ》んだ。


（最高の記念日になったよ……）


翌週の月曜日、蒼太は学生会館の裏の空き地で、大道具作りの手伝いをしていた。

金槌《かなづち》やノコギリの音があたりに響《ひび》く。

角材を切っているだけで汗《あせ》ばんできて、Ｔシャツの後ろはすっかり濡《ぬ》れていた。

額から垂れてくる汗を拭ってから、まだまだ夏の気配が色濃《いろこ》く残っている青空に目をやる。

「やっぱり、アルバイト探さなきゃな……」

あかりと誕生日を過ごした日のことを思い出すと余計に暑さが増したような気がして、Ｔシャツの襟《えり》をパタパタとあおいだ。

頬がじんわりと熱い。

あかりの誕生日はまだ先だが、彼女がしてくれたように、思い出に残るような特別な一日をプレゼントしたい。

（そのためにも、やっぱりお金は貯《た》めておきたいし）

「ほぉ～、望月。金に困っているのか？」

急に後ろから話しかけられて、蒼太の肩《かた》が小さくはねる。

振《ふ》り返ると、美紀がニヤーッと笑って肩に肘《ひじ》をのせてきた。

「河村先輩《せんぱい》っ！　忍《しの》び寄らないでください。びっくりするんですから！」

「背後の気配に気づかないとは未熟者め。精進《しょうじん》せい」

軽く額をチョップされる。先ほどまで稽古《けいこ》を見ていたからか、台詞《せりふ》口調になっていた。

（ほんと、この先輩ってわけわかんないよな……）

演劇サークルの部員たちのほとんどが個性的だが、その中でもこの人は群を抜いている。

「なにに使うんだ？　急用か？」

「そんなの……なんだっていいじゃないですか」

素っ気なく答えて、蒼太はノコギリでゴリゴリと角材を切断する。

「さては……女だな？」

「い、いやいやいやっ、違《ちが》いますって！」

慌てて首を横に振ると、美紀は「ふーん」と観察するような目をして見てくる。

余計なことを知られると面倒《めんどう》だ。蒼太はスッと視線をそらした。

「やっぱり、女だな」

美紀は顎《あご》に手をやり、断言するように言ってニヤリと笑った。

「……いいじゃないですか。ほっといてください！」

「いいアルバイトの口ならあるぞ？」

そう言われて、蒼太は「え？」と思わず反応してしまう。

それから「やっぱりいいです！」と、作業の続きに戻《もど》った。

うっかり口車に乗ってしまうと、ろくなことにならないだろう。いつも無茶《むちゃ》なことばかり要求してくる人だ。

（とんでもないバイト紹介《しょうかい》されそうだし……）

「本当にいいのかー？　学生街の中にあるオシャレなカフェのバイトで、時給千三百五十円。休日手当あり、交通費支給、かわいい女の子との出会いも期待できる、素晴《すば》らしいバイトだぞ？」

「そういうのは間に合ってます！」

慌《あわ》てて逃《に》げようとすると、襟をつかまれてグイッと引っ張り戻される。

「こっちも困っているんだ。店長から、純朴《じゅんぼく》そうで、女子受けしそうで、働き者の男子をどこからか見繕《みつくろ》ってこいと厳命されていてな」

「だったら、なおさら僕より他《ほか》の人のほうがいいと思うけど……」

「安心しろ、望月。君ほど条件にピッタリの人物は他におらんよ。紹介すると、私の時給が五十円もアップすることになっているんだ。君も好条件の仕事が得られるのだから、お互《たが》いにうまい汁《しる》が吸えるじゃないか」

「先輩、悪代官みたいな顔になってますって！」

「で、いつから始められる？　なんなら、今日からでもかまわんぞ。ちょうど、シフトに入るはずだった竹山《たけやま》君が自分を探すために日本縦断の旅にでかけてしまってな。人手が足らないんだ」

「せっかくですけど、遠慮《えんりょ》しておきます」

　この人と同じバイト先なんて、絶対続かない。演劇サークルでも、いいように使われてばかりいるのだ。アルバイト先でも同じ目に遭《あ》わされるのは避《さ》けたい。

「そうかそうか。ではさっそく、店長には電話をしておこう。生きのいい男子学生を今日連れていくとな。帰りに正門のところで待っていたまえ」

「ちなみに、それ……逃げたらどうなるんですか？」

恐《おそ》る恐る尋《たず》ねると、美紀にポンッと肩を叩《たた》かれる。

「……知りたいか？」

「いえっ、やっぱりいいです！」

蒼太はあわてて首を横に振った。

「賢明《けんめい》だ。邪魔《じゃま》をして悪かったな。作業に戻ってくれたまえ。ああ、そうだ。後で脚本《きゃくほん》を一部修正してくれ」

「ええーっ、またですか!?」

これで、いったい何度目の修正だろう。

「舞台《ぶたい》とは変化し続けるものなのだよ。覚えておくといい」

美紀は笑って、上機嫌《じょうきげん》に立ち去る。

その後ろ姿を見送り、蒼太はげんなりしたようにため息を吐《つ》いた。

（先輩のペースに巻き込まれてるし！）

とはいえ、逃げると後が怖《こわ》い。

美紀と同じバイト先ということを除けば、好条件であることには違いないのだが——。

（カフェのバイトかぁ……）

接客は苦手だが、一度くらいはやってみるのもいいかもしれない。何事も経験だ。

蒼太は「流されやすいなぁ……」と、ため息を吐いた。

美紀に紹介してもらったカフェは、言葉通り学生街の中にあるオシャレな店だった。大通りからは離《はな》れていることもあり、物静かな場所だ。

テーブル、椅子《いす》は白で統一されていて、壁には抽象的《ちゅうしょうてき》なデザインの絵が描《えが》かれている。樫《かし》の木が生えた涼《すず》しげなテラスもある。

学生が好みそうな内装だった。メニューも、パンケーキやシフォンケーキ、パフェなどのスイーツメニューが中心だが、ランチ時にはサンドイッチやパスタも提供している。

それほど混《こ》むこともないから、接客のバイト初心者の蒼太でもなんとかやれそうだった。シフトも比較的《ひかくてき》自由に入れられるのだから、確かに『いいバイト』だろう。

それはいいのだが――。

（あかりんの大学の近くなんだよなぁ）

店内に目をやると、女子学生が楽しそうに談笑《だんしょう》している。聞こえてくる会話から察するに、彼女たちもあかりと同じ美術大学の学生たちなのだろう。

アルバイトを始めて一週間ほど経《た》つが、あかりが店に来たことはない。

秘密にしているというわけではないが、鉢合《はちあ》わせするのは少々気まずかった。

あかりの誕生日はサプライズにしたい。だから、バイトの理由をきかれると困る。

うまい言い訳を考えたいところだが、見抜《みぬ》かれてしまいそうだ。

彼女にジッと見つめられると、ごまかしきる自信がない。

「望月ーっ、これ、運んでくれ」

美紀ができたてのパンケーキの皿をカウンターに並べる。

「あっ、はいっ！」

ぼんやりしていた蒼太はあわてて返事をした。

「かわいい子でもいたか？」

客席の女子学生たちにチラッと視線を向けた美紀が、ニヤーッと笑ってきいてきた。

「違いますってば！」

「はい、カフェラテ」

カウンターにおかれたカップには、かわいらしいクマのラテアートが描かれている。

（あかりん、こういうの喜びそうだよなぁ）

美紀は慣れた手つきで、もう一杯《ぱい》カフェラテをいれていた。

描いているのはハート模様だ。そのカップを受け取り、トレイに載せる。

（そのうち、教えてもらおうかな……）

蒼太は客席にパンケーキとカフェラテを運ぶ。

「お待たせしました」

楽しそうに話をしていた学生たちが、視線を上げて蒼太を見た。

カフェラテのカップを置くと、彼女たちは「かわいいーっ」と嬉《うれ》しそうな声をあげる。

「ありがとうございます！」

笑顔《えがお》で言われて、「あっ、ごゆっくりどうぞ！」と蒼太はあわてて答えた。

「あの人、かわいくない？」

「わかるーっ」

カウンターに戻る時、聞こえてきた会話に赤面する。

「よかったな、望月。ちゃんと女子受けしているぞ」

美紀がカウンターに両肘《りょうひじ》をつきながら笑った。

「からかわれてるだけですよ」

中学の時も、高校の時も、モテたことなんて一度もない。

バレンタインに毎年チョコをくれたのは、姉と妹だけだった。

女子から見ると、蒼太は頼《たよ》りなさそうに見えるらしい。それは自覚しているし、不甲斐《ふがい》ないなとも思っている。

(あかりん、よくこんな僕を選んでくれたなぁ……)

高校生の時のあかりは、学校の男子たちにとって憧《あこが》れの的だった。

高嶺《たかね》の花、という言葉がまさにピッタリだ。

トレイをふきんで拭《ふ》いていると、ドアが開く。

「いらっしゃいませ……っ！！！！」

パッと振《ふ》り返った蒼太は、あかりとばったり鉢合わせしてしまって硬直《こうちょく》する。

友人たちと話をしていたあかりも蒼太を見るなり、びっくりしたように目を見開いていた。

「あかりーっ、どうしたの？」

「あっ、えっと………」

一瞬《いっしゅん》、『彼氏』と紹介《しょうかい》されるのかと思って緊張《きんちょう》したが、あかりは唇《くちびる》をキュッと結んで視線を下げてしまった。

「四名様ですね！　お席にご案内いたします！」

蒼太はメニューとトレイをつかみ、急ぎ足で客席に向かう。

「よかったねー、空《す》いてて」

「このお店、最近できたんだ。あかりも来るの、初めて？」

「…………」

「あかり？」

「あっ、えっと、パンケーキおいしいって評判だったよ」

あかりがハッとして答えると、彼女の友人たちが顔を見合わせて笑う。

「もーっ、あかりってば。天然なんだから～」

蒼太は「こちらにどうぞ」と、窓際《まどぎわ》のテーブルに案内してメニューを置く。

「なににする？」

席につくと、あかりの友人たちはさっそくメニューを開いていた。

そのあいだも、あかりだけはなにか言いたそうな視線を蒼太に向けてくる。

（後でなんて言い訳すれば……っ！）

「ご注文がお決まりになりましたらお呼びください」

目が合わせられなくて、視線をそらしたまま、早口で伝えて離れる。

緊張したせいで、心臓の音が速い。

カウンターに戻《もど》ると、思いっきり胸にたまった息を吐《は》き出した。

もう一度、そっと視線を彼女に向ける。

「おっ、あの子……かわいいと思わないか？」

美紀がカウンターから身を乗り出すようにして、小声できいてきた。

「特に、あの通路側に座ってる子」

「そりゃ、かわいいよ。あかりんなんだから」

思わず心で思ったことがポロッと口から出てしまい、バッと片手で口を押さえる。しまったと思ったが遅《おそ》かった。

美紀が、「ほぉ～」とおもしろがるような笑みを浮《う》かべた。

「あかりんと望月君はどういうご関係なのかな～？」

「水とおしぼり、運んできま――すっ！」

蒼太は赤くなりながらサーバーの水をグラスに注ぎ、おしぼりをつかんでトレイに載《の》せた。


「ありがとうございました！」

お会計を終えた客が帰って行くのを見送ってから、蒼太は客席に向かう。

「望月」

片付けてからカウンターに戻ると、美紀に声をかけられた。

「麗《うるわ》しのあかりんは、今日は来ないのかな〜〜？」

からかう気満々なのだろう。美紀はニヤニヤしている。

「来ませんよ！」

あかりとの関係を散々問い詰《つ》められ、自白させられたのは先週のことだ。

おかげで、バイトのたびにイジられている。

美紀は、どうもそれが楽しくてしかたないらしい。

（やっぱり、先輩《せんぱい》と同じバイトなんて、やめておけばよかった……）

けれど、仕事も多少は覚えたところだし、今さら他《ほか》のバイト先を探すのも面倒《めんどう》だ。

アルバイトの人たちは気さくで話しやすいし、このバイト自体に不満はない。

それに、やめたくない理由が一つできてしまった。


「こんにちは」

店のドアが開き、あかりがヒョコッと顔を覗《のぞ》かせる。

蒼太が振り返ると、彼女はニコーッと笑った。

「あっ、あかり……ん！」

チラッと美紀を見ると、ニヤついている。

（無視しとこう……）

美紀のような人に対する適切な対処法はそれしかない。

蒼太の姉も同じようなタイプだからわかる。

家に帰っても、姉からあかりのことでからかわれているのだ。

「あかりちゃーんっ、いらっしゃーい！」

カウンターの中から、美紀が急に愛想《あいそ》よく言いながら片手をあげた。

「あっ、美紀さん。こんにちは」

店に入ってきたあかりも、ニコッと笑って頭を下げていた。

（あかりちゃん!?　美紀さん!?）

蒼太は驚《おどろ》いて二人を交互《こうご》に見る。いつの間に、そんなに親しくなったのか。

「あかりちゃん、今、空いてるから好きな席座って〜。あっ、注文はなににする？」

「んー……なににしようかな？」

あかりは少し前屈《まえかが》みになって、ショーケースの中のケーキを見る。

チーズケーキや、チョコレートケーキ、シフォンケーキ、プリンといった日替《ひが》わりのスイーツが並んでいる。

「今日のオススメは、レモンのシフォンだよー」

美紀が愛想よく言うと、「じゃあ、それとアールグレイのアイスティーにします」と彼女は答えた。

窓際の席に向かうあかりの姿を、蒼太はポカンとして見送る。

これでは出る幕がない。おかげで、彼女に声をかけるタイミングをすっかり失ってしまった。

蒼太は恨《うら》みがましい目を美紀に向ける。

「河村先輩～～っ！」

「なにかね？　望月君」

「……なんでもありませんよ」

渋々《しぶしぶ》そう答えて、蒼太はグラスとおしぼりを準備する。

（ほんと、この人は～～っ！）

美紀はすました顔をしながらも、イジワルな笑《え》みを浮かべていた。

大学が近いということもあり、あかりはそれからもたびたび店を訪《おとず》れるようになった。

友人と一緒《いっしょ》にきたのは最初の日だけで、それ以後は一人だ。

蒼太がシフトに入っていない時も、来ていたらしい。その時に、美紀と話をしたのだろう。

多少、悔《くや》しい気もする。あかりが来るとわかっていたら、店長に頼《たの》みこんでシフトに入れてもらっていたのに。

テラスの見える窓際の席に座ったあかりは、バッグからクロッキー帳と筆記用具を取り出す。

「いらっしゃい、あかりん」

遠慮《えんりょ》がちに声をかけると、あかりがパッと顔をあげた。

「蒼太君。今日は何時まで？」

「あと、一時間ほどで終わるよ」

「じゃあ、それまで待ってるね」

ニコッと笑った彼女に、胸がキュンッとした。アルバイト先のカフェで待ち合わせなんて、いかにも彼氏彼女っぽい。

（って、彼氏彼女だけど！）

密《ひそ》かに感動を噛《か》みしめていると、あかりが「ん？」というように首を傾《かし》げる。

「あっ、ごゆっくりどうぞ！」

あわてて言ってから、足の向きをかえてスタスタとカウンターに戻った。

あかりは窓際《まどぎわ》の席が好きなのだろう。空《す》いている時にはいつもそこに座る。

蒼太のバイトが終わるのを待つあいだ、クロッキー帳にデッサンをしたり、本や雑誌を読んだり、レポートを書いたりと、気ままに時間を潰《つぶ》している。

シフォンケーキとアイスティーを運ぶと、あかりはクロッキー帳に窓から見えるテラスの様子を描《か》いていた。時折、頬杖《ほおづえ》をつきながら手を休めてぼんやりと景色を眺《なが》めたりもしている。

カウンターに戻《もど》った蒼太は、カップを拭《ふ》きながらその様子をしばらく見つめていた。

（そういえば……高校の時もこんなふうにあかりんのこと見てたっけ）

蒼太は懐《なつ》かしさを感じて、笑みをもらす。

まだ、あかりに話しかけられず、一方的に片思いをしていた時のことだ。

放課後、春輝や優と一緒に中庭で映画の撮影《さつえい》をしながら、美術室で絵を描いている彼女のことを時々、盗《ぬす》み見たりしていた。

夏樹や美桜と一緒に笑っておしゃべりしている時の彼女も、真剣《しんけん》な表情でキャンバスに向かっている時の彼女も、楽しそうにスケッチしている時の彼女も、全部が好きで――。

「望月、うっとり見とれてないで仕事しな」

「うっとりしてたわけじゃ……っ！」

美紀に頭を押さえられて、あわてて弁解する。

しかし、見とれていたのは半分事実だから、強くは否定できない。

あかりに聞かれたのではないかと焦《あせ》ったが、幸いなことにイヤホンで音楽を聴《き》いているようだった。

ホッと胸をなで下ろした拍子《ひょうし》に手が滑《すべ》り、ゴトッと流し台にカップを落としてしまう。

「気をつけたまえ。そのカップは君の時給にして十時間分だ」

「先輩がからかうからですよ！」

蒼太は「ホントにもーっ！」と顔をしかめてから、急いでカップを確かめる。

欠けたところや、ヒビが入ったところはないようだ。

（時給……十時間分……）

あわてて洗い直して拭き、棚《たな》にしまう。

ふと視線を感じて客席を見ると、あかりがクスッと笑っていた。

（えっ、あれ？）

どうやら、片方のイヤホンを外していたらしい。

蒼太は赤くなった顔を片手で押さえた。

（……やっぱり、聞かれてたっ！）

カフェの窓際席に座ったあかりは、頬杖をつきながらクロッキー帳に鉛筆《えんぴつ》を走らせる。片方だけつけたイヤホンから聞こえる音楽を、つい口ずさんでいた。

（できた……）

鉛筆を置くと、クロッキー帳を見つめる。エプロンをつけたバイト中の蒼太の絵だ。

チラッとカウンターに視線を向けると、蒼太と美紀が話をしていた。蒼太は困ったような顔になっていたが、美紀のほうは楽しそうだ。

（仲がいいのかなぁ……）

美紀は蒼太の大学の先輩《せんぱい》で、同じ演劇サークルに入っているようだ。バイトを紹介《しょうかい》したのも彼女だと聞いた。ということはやはり、親しいのだろう。

遠慮なく蒼太と話をしている美紀を見ると、胸のあたりがソワソワして落ち着かなくなる。

二人がただの先輩と後輩《こうはい》という間柄《あいだがら》なのはわかっているが、やはり少しだけヤキモチをやいてしまう。

友人たちと一緒にこのカフェを初めて訪れた日、バイトをしている蒼太を見てびっくりしてしまい、つい友人たちに蒼太のことを紹介しそびれてしまった。

高校卒業後に付き合うようになってから、二年以上になる。そのあいだ、蒼太から『彼女だ』とはっきり紹介してもらったことはない。そういう機会もなかったからだ。

あかりは蒼太の大学に行ったことはないため、交友関係はわからない。

蒼太の大学の人に会ったのは、美紀が初めてだ。

蒼太がいなかった時、このカフェを訪れると彼女に声をかけられた。

他《ほか》にお客さんもいない時間帯だったから暇《ひま》だったのだろう。

『望月君とどういう関係～？』

世間話のついでにきかれて、しどろもどろになりながら蒼太とのことを話した。

誰《だれ》かに付き合っていることを話すのは、思った以上に恥《は》ずかしいものだ。

あかりも大学の友人たちに『彼氏』がいるとは、話していない。

きかれることはあるが、いつもはぐらかしてしまう。

だから、蒼太がなかなか言い出さない気持ちもわかる。しかし、やはり蒼太の口から『彼女』だと聞きたい。

（私も、ちゃんと言いたかったなぁ……）

あの日は、急なことだったから心の準備ができていなかった。

蒼太がアルバイトを始めたという話も聞いたことがなかったから、急にどうしたのだろうと気になってしまって。

後から話せばよかったのかもしれないが、興味を持った友人たちが店に押しかけてきて蒼太を質問攻《しつもんぜ》めにするかもしれない。それでは蒼太を困らせそうだ。

だから、この店にはいつも一人で来るようにしている。

窓際席に座っていると、カウンターでテキパキと働いている蒼太の様子がよく見える。それをこっそり眺めながら待っているのは楽しい。

もう少しだけ、友人たちには秘密にしていてもいいだろう。

けれど、いつかはちゃんと紹介したい。

私の『彼氏』だよ――と。

お客さんが一組入ってきて、カウンターから出てきた蒼太が客席に案内する。

テーブルに置いていた携帯《けいたい》で時間を確かめると、バイトが終わる時間まであと十分ほどのようだ。

懐かしいなと、ぼんやり考える。

高校生の時、部活が終わった後待ち合わせして、よくカフェやケーキ店に付き合ってもらった。

約束をした日は、ウキウキして時間になるのが待ち遠しかった。

夏樹や美桜と一緒《いっしょ》にケーキを食べに行くのももちろん楽しかったけれど、蒼太といる時間はどこか特別で――。

こうしていると、あの頃《ころ》のような気持ちになる。

（早く、時間にならないかな……）

あかりは頬杖《ほおづえ》をつきながら、アイスティーのグラスを持ち、ストローを口に運んだ。

九月の終わり、カフェに足を運ぶと蒼太は休みだったようで、店内にいるのは美紀だけだった。

「あかりちゃん、いらっしゃーい」

コーヒーをいれていた美紀が顔をあげる。コポコポという音とともに、コーヒーの香《かお》りがふんわりと漂《ただよ》ってきた。

「こんにちは、美紀さん」

「ごめんね、望月君なら休みだよ」

「今日は、次の講義まで時間があったから」

「そう？　じゃあ、ゆっくりしていって。なににするー？」

「じゃあ、コーヒーにします」

　注文をして、あかりはいつもの窓際《まどぎわ》の席に向かう。

　蒼太がいない時でもつい、いつもの癖《くせ》でこの席を選んでしまう。

　座って待っていると、美紀がコーヒーを水やおしぼりと一緒に運んできた。それをあかりの前に並べると、最後にチーズケーキのお皿を置く。

　あかりは「あれ？」と、彼女を見た。今日はケーキを注文していない。

「サービスだよ」

　美紀はそう言って笑うと、あかりの向かいの椅子《いす》を引いて腰《こし》を下ろした。

「ありがとうございます。これ、お店の手作りですか？」

「そう。私が作ってるって言ったら、望月君はうっそ～ってびっくりしてたけどね」

「いただきます」

あかりはフォークをとってチーズケーキのはしを切り分け、口に運んだ。チーズの味が濃《こ》くて、しっとりしている。それにオレンジの風味が爽《さわ》やかだ。

「おいしい……」

「でしょー？　あかりちゃん、絶対気に入ると思ったんだー」

美紀は頬杖をつきながら、ニカッと笑う。

気さくで話しやすいため、人見知りのあかりも彼女のことはあまり苦手には思わない。

「蒼太君、どうしてバイトを始めたんですか？」

コーヒーを一口飲んでから、気になっていたことを思い切って尋《たず》ねてみた。

（なにか、欲しいものでもあったのかな？）

先日、仕事で使っているパソコンの調子が悪いと言っていたから、新調したいのかもしれない。

「旅行のお金を貯《た》めたいって言ってたけどねー」

「旅行？」

「あれ？　そういう話、してないの？」

あかりはプルプルと首を横に振《ふ》った。蒼太の口から旅行の話が出たことはまだない。

「あっ、じゃあこれは秘密だったか……うっかり」

美紀はにやけている口もとを片手で隠《かく》す。

「誰と一緒に行くんだろう……？」

優と約束しているのかもしれない。蒼太は夏休み中、何度か優と釣《つ》りに出かけていたようだ。

そうでなければ、大学の友人たちだろうか。

「うーん、これはなかなか苦労しているとみた……」

美紀が独り言を漏《も》らす。

「え？」

「ああ、なんでもない。こっちの話～。まあ、とにかく。行きたいところがあるなら、それとなーく伝えておいたほうがいいんじゃない？　絶対、悩《なや》んでるからさ」

美紀は席を立つとニコッと笑って、楽しそうに口笛を吹《ふ》きながらカウンターに戻《もど》っていった。

（蒼太君と行きたいところ……）

カフェを出たあかりは、ゆっくりと歩き出す。講義が始まる時間まであと三十分ほどある。

もし、蒼太に旅行に誘《さそ》われたら――。

まだ、そうとは決まったわけではないが、そうだったらいいなとぼんやりと考える。

水族館にも行きたいし、美術館を巡《めぐ》るのもいい。

優と蒼太のように釣りにも行ってみたいし、キャンプもしたい。

（海にも行きたいな……）

今年の夏、蒼太と一緒に行きたくて水着を買ったのに、着る機会は一度もなくてクローゼットにしまったままだ。

（かわいい水着だったのになぁ……）

蒼太に見せるのを、本当は密《ひそ》かに楽しみにしていた。それも来年の夏までお預けだと思うと残念だ。

「蒼太君は、どこに行きたいんだろう……」

独り言をもらしながら、肩《かた》にかかる髪《かみ》をクルンッと指で巻く。

取材旅行がしたいと以前話していた気がする。

一緒に遺跡巡《いせきめぐ》りをしたり、博物館を巡ったり、物静かな湖畔《こはん》のコテージに泊《と》まってのんびりするのもいい。温泉に行くのもいいだろう。

夏樹から、夏休みに春輝に会うためにアメリカ旅行をしたという話を聞いた。

お土産《みやげ》を渡《わた》したいと言っていたけれど、夏休み中は時間に余裕《よゆう》がなくて、まだ夏樹とは会えていない。今度、会うことになっているから、その時には話を聞かせてもらえるだろう。

二人のように海外旅行にも行ってみたかった。

初めての旅行だから緊張《きんちょう》しそうだけれど、蒼太はいざという時には頼《たよ》りになるからきっと大《だい》丈夫《じょうぶ》だろう。

一歩だけ、勇気を出して進んでみたい。

そう思って、秘密で計画したのが蒼太のバースデーパーティーだ。

メイン料理は失敗してしまったものの、そのほかは概《おおむ》ね予定通り。大成功だったと言えるだろう。

『あかり……ありがとう』

微笑《ほほえ》んだ蒼太がそっと頬《ほお》に手を触《ふ》れてきた時のことを思い出すと頬の熱がジワーッとあがる。

踏切《ふみきり》の前までくると、あかりは遮断機《しゃだんき》の前でポーッとしていた。その前を、電車が通り過ぎていく。

ようやく遮断機が上がると、ハッとして急ぎ足で渡った。

坂道を上がった先に、大学の正門が見えてくる。その途中《とちゅう》であかりは足を止めた。

「やっぱり……私もなにかアルバイトしよう」

蒼太が誰《だれ》を旅行に誘うつもりなのかはわからない。もしかしたら、あかりではないのかもしれない。

その時は、思い切って自分から誘ってしまおう。

大学に向かいながら、あかりは口もとを緩《ゆる》めた。

その日の夜、風呂《ふろ》からあがると、ベッドに寝《ね》そべりながら成海《なるみ》聖奈《せな》と電話をする。

聖奈は同じ高校に通っていたあかりの親友で、大学で勉強しながらモデルの仕事を続けている。

仕事と勉強の両立は大変なはずだが、聖奈は高校の時からずっとそれをこなしてきた。

やりたいことは、誰になんと言われようと全部やる。そういう聖奈のスタイルは、あかりの憧《あこが》れだ。

彼女の前向きな姿勢とポジティブさは、同世代の女子に共感されやすいのだろう。

『私もこんなふうになりたい』

そう思わせる魅力《みりょく》が聖奈にはある。

『あかり、バイトするの？』

「探してるところなんだけど……時間帯がなかなか合わなくて」

よく行くパティスリーでもスタッフを募集《ぼしゅう》していたようだが、週四日以上でしかも昼間の時間だったからやるのは難しいだろう。

『そうだ、モデルの仕事してみない？　あかりなら即《そく》採用だよ』

「それはちょっと自信がないよ」

『自信をつけるためにやるんだよ。メイクさんやスタイリストさんってすごいんだから。毎回、見違《みちが》えるもの。私って、こんなふうにもなれるんだって。あかりも、一度やってみればわかるよ』

「そうかなぁ……？」

あかりはクッションを抱《だ》きしめる。

違う自分になってみたい、という気持ちはあかりにもある。

それに聖奈の話を聞いていると、モデルの仕事は楽しそうだ。

だが、聖奈は言わないだけで、実際は辛《つら》いことも大変なこともたくさんあるのだろう。

高校生のころ、聖奈の口数が少なくなったことがある。注目されて、雑誌に載《の》る機会も増えて、ファンも増えていた時だったから、嫉妬《しっと》されることもあったはずだ。一部の人たちから、陰口《かげぐち》を言われたり、ありもしない噂《うわさ》を立てられたりしていたようだ。

その全部を跳《は》ね返して、カメラの前に堂々と立てる聖奈はかわいい、というよりかっこいい。

そんなふうにはなれない。簡単な気持ちで始められるような仕事でもないだろう。

「聖奈、かわりに絵のモデルをしてくれる？」

『ええっ⁉ それは、恥《は》ずかしいからムリだよー』

「雑誌の写真撮影《さつえい》とそう変わらないと思うよ？」

『あかりの前でずっと同じポーズをとってたら、絶対笑っちゃうでしょ』

「じゃあ……今回はあきらめる。でも、いつかは聖奈をモデルに描《か》きたいな。描かせてくれる？」

　聖奈は雰囲気《ふんいき》を作るのがうまい。かわいい表情も、ドキッとさせられるような表情も、キリッとした表情も、その場に合わせて使い分ける。雑誌に載っている彼女の写真を見るたびに、『こんな表情をするんだ』と驚《おどろ》かされる。

　あかりが知っている聖奈とは全然違う。もちろん、普段《ふだん》の聖奈も魅力的だが、モデルの仕事をしている彼女はやはり輝《かがや》いていて、同性のあかりでも強く惹《ひ》きつけられる。

　自分なら彼女をどう描くのだろうと、つい考えてしまう。

　創作意欲《いよく》をかき立てられる、というのだろうか。やはり、聖奈は特別な才能の持ち主だ。

『いつか、ならいいかな。その時には、あかりにお願いするよ』

「うん、待ってるよ」

『そうだ。本当にモデルの仕事、やりたくなったらいつでも言って。紹介《しょうかい》するから』

「ありがとう」

聖奈との電話が終わると、あかりは携帯《けいたい》を手にコロンッと仰向《あおむ》けになる。

『今日、バイト先に来てくれた？　ごめん、いなくて！』

蒼太から、そうメッセージが入っていた。

『旅行……』

打ち込んだ文字を、少し迷ってから消す。

かわりに、『大丈夫です』と書いてスタンプと一緒《いっしょ》に送った。

「私もがんばらなきゃ……」

大学の学生会館に立ち寄ったあかりは、掲示《けいじ》板《ばん》に貼《は》られているバイトの求人広告を見ていた。

（美術展の手伝いはどうかな……？）

企《き》画《かく》展開催中《かいさいちゅう》だけの短期の仕事だ。それなら、始めやすいかもしれない。掲示板を見ながら考えていると、ホールを通り抜《ぬ》けようとしていた男子学生が、「あれ？」と足を止めた。

「あかりちゃん」

「風見《かざみ》さん。こんにちは」

ペコッと頭を下げると、彼は笑《え》顔《がお》でそばにやってきた。

風見光一《こういち》という名で、彫刻《ちょうこく》科の先輩《せんぱい》だ。

「バイトするの？」

「ちょっと探してるところで……」

「そう……だったら、君にピッタリないいバイトがあるんだけど」

顎《あご》に手をやってから、光一はあかりに視線を移す。

「やってみない？」

そう言って彼はニコッと笑った。


客席の食器を片付けてカウンターに戻《もど》ると、美紀が腕《うで》を組みながらいつになく深刻そうな顔をしていた。

こういう時にうっかり関《かか》わると、ろくな目に遭《あ》わない。声をかけないほうがいいだろう。

「トイレ掃除《そうじ》でもしてこようかな……」

小声で呟《つぶや》きながらカウンターを離《はな》れようとすると、すかさず「望月」と呼び止められた。

「……なんですか？」

ギクッとしながら振《ふ》り返る。

「最近、あかりんの姿を見かけないが……ついに破局してしまったのか？」

「してませんよっ！　縁起《えんぎ》でもないことを言わないでください」

蒼太は「やっぱり、ろくな話じゃない」と、顔をしかめる。

（でも……そういえば、あかりん来ないな……）

以前は週三回くらいのペースで通ってきてくれていたのに、十月に入ってからはまだ一度も彼女の姿を見ていない。

メッセージが返ってくるのも遅《おそ》かった。どうしたのだろうと、急に不安になる。

「なあ、望月。ショックだろうが、落ち着いて聞いてくれ」

「イヤです。聞きません」

両耳を塞《ふさ》ごうとすると、手首をガシッとつかまれる。無理矢理《むりやり》にでも聞かせるつもりなのだろう。

「あれは先週の日曜のことだ。とあるホラー映画の応援《おうえん》上映にでかけた私は……」

「ホラー映画の応援上映⁇」

「その帰り道で、見てしまったのだ‼」

急な大声に驚いて、蒼太の肩《かた》がビクンッと跳ねる。

聞きたくはないが、話の続きは気になる。

「な……なにをですか？」

顔を強《こわ》ばらせながら恐《おそ》る恐るきくと、美紀はズイッと顔を寄せてきた。

「あれは、確かに……あかりんだった」

完全に怪談《かいだん》を語る時の、声のトーンになっている。無駄《むだ》に演技力があるだけに怖《こわ》い。

「それが……？」

あかりも外出くらいするだろう。べつに驚くようなことではない。

ホラー映画の応援上映にきていたというのなら、意外ではあるが——。

「イケメン男子と二人きりだったんだ……」

美紀がボソッとした声で言う。

間違《まちが》いなく、たっぷり十秒はフリーズしていただろう。

その後、「はぁ～⁉」と大きな声をあげる。

「あかりんが⁉」

「そう、麗《うるわ》しのあかりんが、だ。女子がいかにも好みそうな顔立ちの優男《やさおとこ》だったなぁ」

蒼太は青くなって沈黙《ちんもく》した。

「望月、大丈夫《だいじょうぶ》か？　受け止めてやるから、安心して倒《たお》れていいぞ」

美紀が、『さあ、こい！』とばかりに両腕を広げる。

それを無視して、蒼太はふらつくようにキッチン台に両手をついた。

（あかりんが…………あかりんが…………っ!!）

彼女が楽しそうにどこの誰《だれ》かもわからない男子と一緒に歩いている姿が浮《う》かんでくる。

その妄想《もうそう》を、ブンブンと頭から振り払《はら》った。

（あかりんが他《ほか》の男子に目移りするなんてこと、絶対ないって！）

（でも、僕よりかっこいいやつなんて、ごまんといるし。もしかしてなにかしちゃって……失望されたのかも⁉）

（いやいやいや、あかりんは誕生日をお祝いしてくれたんだ……嫌《きら》われてたら、そんなことしてくれないよ！）

「じゃあ、なんでだ⁉」

思わず声が出た。

（あっ、そうか。きっとあかりんのお兄さんだ！　って、あかりんにはお姉さんしかいないじゃん！　親戚《しんせき》のお兄さんって可能性も……ただ道をきかれて案内してただけかもしれないし）

（たぶん、そうだって。先輩の話なんてあてにならないんだから。この人はおもしろがってるだけなんだから！）

（いったい、誰なんだよ――――っ、あかり――――んっ！）

両手で頭を抱《かか》えて、「うーん」と唸《うな》る。

「望月……顔が下《へ》手《た》くそな抽象《ちゅうしょう》画みたいになっているぞ？」

美紀は腕を組みながら、心配そうな顔をしていた。

蒼太はバッと顔をあげ、美紀のほうを見る。

「先輩っ！　その場所って……どこですか!?」

バイトが終わると、蒼太はすぐに電車に乗り、一駅先で降りる。

美紀があかりを見かけたのは、その駅の付近だったようだ。

駅前には書店が何軒《なんけん》か並んでいる。

眼鏡《めがね》をかけて自動販売機《じどうはんばいき》の陰《かげ》に隠《かく》れている姿は、かなり怪《あや》しいだろう。

「帽子《ぼうし》くらい、持ってくればよかったなぁ……」

自動販売機の側面にもたれながら、ため息を吐《つ》いて携帯《けいたい》を取り出す。

『今日、よかったら会わない？』

『ごめんなさい。今日は用事があるのでダメです』

あかりに送ったメッセージには、そう返信がついていた。

（本当に……僕のことイヤになったんじゃないよね？）

きっと、なにか理由があるのだろう。

彼氏彼女といっても、それぞれに抱えている事情はあるのだから全部を話せるわけではない。

話せる時がきたら、きっと話してくれる。だから、それまで彼女を信じて待つべきだ。

頭ではわかっていても、相手がイケメンと聞いては気が気ではなかった。

（あかりん、男子にモテるし……）

高校の時も、彼女に告白しようとする男子が行列を作っていた。大学ならなおさらだろう。

（前から天使だったけど……この頃《ごろ》なんだか楽しそうで、ますますキラキラしてるし～っ!!）

あかりにその気がなくても、言い寄る男はいくらでもわいてくるだろう。

「これは、あかりんを守るため！」

密《ひそ》かに呟《つぶや》いて拳《こぶし》を握《にぎ》る。

電車が到着《とうちゃく》したのか帰宅する学生たちが続々と改札を通り抜《ぬ》けて出てくる。

携帯を握りしめたまま眺《なが》めていた蒼太は、あわてて背を向けた。

あかりの姿を見つけたからだ。しかも、美紀の言っていた通り、爽《さわ》やかな雰囲気《ふんいき》の青年と一《いっ》緒《しょ》だ。なにを話しているのか、二人とも楽しそうだった。

気づかれないかとヒヤヒヤしながら、通り過ぎるのを待つ。そのあいだ、心臓がバクバクしていた。

「まずい……」

蒼太は口もとを片手で押さえて下を向く。

（イケメンだった………っ！）

あかりが少しでも嫌そうにしていたら、飛び出していくところだが、そういうわけでもなさそうだ。並んで歩く二人は、絵になっていた。

（全部負けてる気がする……）

あんな好青年に微笑《ほほえ》みかけられたら、誰だってクラッとしてしまうだろう。

あかりがよくスケッチしている『石膏《せっこう》像』の顔立ちにも似ている気がする。

（もしかして、あかりんの好きなタイプなんじゃ……！）

ショックを受けて、蒼太は自動販売機に背を押しつけながらズルッと座り込む。

握りしめていた携帯が鳴った。見ると、美紀から新着メッセージが入っていた。

『どうだ、望月。あかりんはいたか？』

どこからか見ていたのではないかと思うくらい、タイミングがいい。それとも、悪い、というべきか。

『いましたけど……』

『例のイケメンと一緒だったか？』

『一緒でしたよ……』

蒼太は落ち込んだまま、メッセージを打ち込んで送る。

『よし。追跡《ついせき》を開始しろ』

「はぁ!?」

思わず大きな声が出て、通りすがりの女子高生に怪訝《けげん》な顔をされる。

『ムリですって！　これ以上ダメージを負いたくないって言うか』

『勇気を出して、真実を確かめるんだ！』

（人ごとだと思って〜っ!!）

振り返ると、あかりとイケメンの青年は道の角を曲がるところだった。このままでは見失ってしまう。

「ああっもう!!」

蒼太は携帯をポケットに押し込んで、駆《か》け出した。


夕空に包まれた静かな住宅地に、かすかなピアノの音色が響《ひび》いていた。

蒼太は『交通安全』と書かれた看板の陰に隠れながら、様子をうかがう。

二人が向かった先は、綺麗《きれい》に手入れされた花壇《かだん》のある、白い外観の家だ。ガレージにはスポーツカーが停《と》まっていた。表札には『風見』と書かれている。

（どうしよう……っ！）

蒼太は頭を抱えてその場にしゃがむ。

美紀に言われるがままに思わず追跡してきたまではいいが、その先のことをすっかり考えていなかった。

今すぐ、二人の前に出て行くべきだろうか。しかし、どういう事情なのかも、はっきりわかっていないのだ。勘違《かんちが》いして飛び出していけば、あかりに大恥《おおはじ》をかかせてしまうことになりかねない。

蒼太は落ち着かず、立ったり座ったりを繰《く》り返す。

そのあいだに、二人は家の中に入ってしまっていた。

あかりのピンチ、というようには見えない。そもそも、この家があの青年の家だとは限らないだろう。もしかしたら、知り合いの家に、二人で訪《おとず》れたということも考えられる。

気になりすぎて、このまま立ち去ることもできなかった。

美紀にこんな時の対処方法を聞くべきだろうか。一瞬《いっしゅん》、そんな気の迷いが生じたけれど、ろくなアドバイスは返ってきそうにない。

「そうだ。こんな時こそ、優に……っ！」

電話をかけようとして、「やっぱりダメだ！」と思いとどまる。

優は家庭教師のバイト中だ。こんなことで電話するわけにはいかない。

「じゃあ……春輝なら！」

蒼太は「時差があるんだった～っ！」と、がっくりする。

（待ってるしかないかぁ……）

ため息を吐きながら、門のほうに視線を向ける。

庭に放し飼いされているフレンチブルドッグが門の前を往復しながら吠《ほ》え続けていた。

日が落ちて、群青《ぐんじょう》色の空に変わる。それを、蒼太はしゃがんだまま眺めていた。

あかりと青年が家に入っていって、二時間以上は経《た》つだろうか。

しきりに吠えていたフレンチブルドッグは、もうすっかり飽《あ》きたのか姿が見えない。

だんだん、情けなくなってきた。

（なにやってんだろう……）

困ったことがあればあかりから連絡《れんらく》をしてくるはずだ。

蒼太は連絡の来ない携帯を一度見てから、立ち上がる。

帰ろう——。

こんなところをあかりに見つかるほうが気まずい。


歩きだそうとした時、「蒼太君？」とあかりの声がする。

ギクッとして振り返ると、彼女が門から出てきたところだった。

「あっ、あか……っ」

「あかりちゃん、どうしたの？」

蒼太よりも先にサラッと彼女の名前を口にしながら、さきほどの青年が出てくる。

(あ、あ……あかりちゃん⁉)

動揺《どうよう》したせいで言葉が出ず、グッと喉《のど》が鳴った。

「あっ、風見さん……」

「誰《だれ》?」

風見さんとあかりが呼んだ青年が、蒼太に不審《ふしん》そうな目を向ける。

「あれ、君……大学の近くのカフェでバイトしているよな?」

「え? あっ、そういえば……!」

何度か店に来たことがある人だと、その顔を見て思い出した。

「どうして、君がここに?」

青年は眉根《まゆね》を寄せる。

あかりとまともに目が合わせられない。

たまたま通りかかったんだ。

あれ、あかりん。偶然《ぐうぜん》だね。なにをしているの?

そんな言い訳の言葉が次々に頭に浮《う》かぶ。

(ダメだ、全部……かっこ悪すぎる!)

蒼太は下を向いて、ギュッと唇《くちびる》を噛《か》んだ。

彼女を追いかけてきたのは、心配だったから。

それは本当だ。なにかあったらと思うといてもたってもいられなかった。

けれど、それだけが理由ではないのは自分が一番わかっている。


「あっ、あの、私の……」

あかりが戸惑《とまど》って口を開く。

蒼太は意を決して彼女に歩み寄り、パッとその手を取った。

「あかりは、僕の彼女です!!」

顔をあげて言うと、あかりがびっくりしたように目を見開いて振り向く。

その手を、蒼太は強く握《にぎ》りしめた。

余裕《よゆう》なさすぎだろう。

今繋《つな》いでいるこの手を、はなしたくなくて、誰にも譲《ゆず》りたくなくていつだって必死だ。

ゆっくりと手を握り返される。

ハッとして隣《となり》を見れば、彼女は真っ赤になりながら下を向いていた。

（なに宣言しちゃってんだ――っ!!）

　蒼太も赤くなって、あたふたする。

　あかりが恥《は》ずかしく思うのも当然だ。

「あ……そうだったのか」

　青年はあかりをチラッと見てから、気まずそうに頭の後ろに手をやった。

「誤解されたかな？」

「なにも誤解してません！」

　蒼太は慌《あわ》てて首を横に振《ふ》る。

「あかりちゃんは、うちの母の用事で来てもらっていてね」

「えっ、お母さん!?」

　驚《おどろ》いて隣を見ると、あかりはコクンッと小さく頷《うなず》いていた。

「うちの母は美術家で、大学の講師もしているんだが……ホテルのロビーに飾《かざ》る絵を頼《たの》まれていて、彼女にはその手伝いをお願いしていたんだよ」

「あっ………そうだったんだ」

　口から、「よかった……」と思わず呟《つぶや》きがもれた。

　体から急に力が抜《ぬ》けてしまい、ヘナヘナと座り込みたくなる。

そうしなかったのは、あかりと手を繋いだままだったからだ。

事情を聞けばなんでもないようなことなのに。

動揺してしまって、あたふたして、こんなところまで追いかけてきてしまったことが一気に恥ずかしくなる。

「すみません……本当に、すみませんっ！！！」

蒼太はガバッと頭を下げた。

「ああ……いや……」

青年は軽く片手を上げて苦笑《くしょう》する。

「迎《むか》えが来てくれたのなら、今日は見送りはいらないね」

「ありがとうございました、風見さん」

あかりがパッと顔を上げてお礼を言った。

「君が手伝いにきてくれて、本当に大助かりだよ」

爽《さわ》やかに微笑《ほほえ》んだ彼は、「じゃあ」と門を押し開く。

（顔だけじゃなくて、中身も爽やかな人だなぁ……）

まさしく、『好青年』というのだろう。少しくらいはこの余裕を見習いたい。そう思っていると、青年が足を止めて振り向いた。

「ところで……君が働いているカフェに赤い眼鏡《めがね》の女性がいるだろう？」

「河村先輩《せんぱい》のことですか？」

他《ほか》に思い当たらなくて、首をひねる。

「同じ大学なのか？」

「はい、そうです」

「彼女……素敵《すてき》だね……」

青年は握った片手を口もとにやりながら、少し赤くなる。

「…………え？」

蒼太の口から、ポロッと声が漏《も》れた。

あかりと蒼太は、すっかり暗くなった道を、お互《たが》い黙《だま》ったまま歩いていた。

（恥ずかしすぎる〜〜っ！）

いきなり、『僕の彼女です！』なんて堂々と宣言した自分のことを思い返すと、穴があったら入りたい気分だった。

彼女が一緒《いっしょ》でなければ、電柱か自動販売機《じどうはんばいき》の陰《かげ》に隠《かく》れてしばらく苦悩《くのう》していただろう。

きっと、あかりにも恥ずかしい思いをさせた。

手を振りほどかれないのが不思議なくらいだった。

先ほどから、彼女は一言もしゃべらない。

(怒《おこ》ってるのかな……?)

心配になって、隣に視線を向ける。

下を向いて歩いていたあかりが顔をあげたので、パッと視線をそらした。

「あの………ごめん、あかりん………」

ちゃんと事情を話さなければと思うのに、情けないほど小さな声しか出なかった。

「どうしても気になって、それで……っ」

蒼太は「本当に、ごめん!」と、あかりのほうを向いて頭を下げる。

足を止めた二人を、街灯が照らしていた。

「蒼太君」

彼女に名前を呼ばれて、ゆっくり頭を上げる。

「彼女だって言ってくれたこと、嬉《うれ》しかった……」

頬《ほお》をほんの少し赤く染めたまま、あかりははにかむように微笑んでいた。

その顔を、蒼太は思わずジッと見つめる。

「……本当に？」

小声で尋《たず》ねると、あかりは「うん」と頷いた。

（情けないところばっかり見せちゃったのに……）

あかりはそう言ってくれるのだ。それだけで胸が熱くなってくる。

「よかった……」

ホッとして、嬉しくて、口から思わずその言葉がこぼれた。

「でも……私のほうが先に言いたかったな」

「え？」

あかりが繋いだ指を遠慮《えんりょ》がちにからめてくる。

その瞳《ひとみ》が、イタズラっぽく輝《かがや》いていた。

「あの、あかりん？　それって……」

「そうだ。蒼太君。ケーキを食べて帰らない？　駅の近くにおいしいお店があるの」

「あっ、うんっ。ぜひ！」

彼女は楽しそうに笑って、蒼太の手を引っ張った。

十二月——。

日がすっかり落ちて暗くなると、夜空に花火があがる。

パレードが始まり、人が大勢集まって見物していた。

イルミネーションやライトで飾られた乗り物の上で、遊園地のキャラクターたちが、曲に合わせてダンスをする。賑《にぎ》やかな音と見物人たちの歓声《かんせい》が、あたりを包んでいた。

「蒼太君、始まってるよ！」

「あっ、待って」

あかりに手を引っ張られて、蒼太は躓《つまず》きそうになりながらウサギの耳がついたカチューシャを押さえた。あかりのほうは、ネコの耳のカチューシャをつけている。

パレードのすぐ近くまで行くと、キャラクターたちが繰《く》り広げる歌やダンス、それに光の演出に目を奪《うば》われる。

それを楽しそうに見つめるあかりの瞳の中で、光がキラキラと揺《ゆ》れていた。

パレードよりも、つい彼女の横顔に見とれそうになる。

『あかりん、誕生日にどこか行きたいところはない？　どこでも連れていくよ。君の好きな場所ならどこでも』

あかりに思い切ってきいたのは、二週間ほど前のことだ。

彼女が行きたいと言ったのが、この遊園地だった。

（本当は、旅行って考えていたけど……）

あかりの楽しそうな様子を見ていると、『これでよかった』と思えた。こんなにはしゃいでいる彼女を見るのは初めてだ。

遊園地に入場すると、ガイドブックを片手に蒼太をアトラクションに引っ張っていく。前日から、しっかり計画を立てていたようだ。

レストランやカフェに立ち寄り、休憩《きゅうけい》してパスタやスイーツを食べ、写真もたくさん撮《と》った。

カチューシャは、途中《とちゅう》のショップで買ったものだ。

蒼太はコートのポケットに片手を入れ、寒そうな彼女の手に視線を向けた。

今日一日、あかりは手袋《てぶくろ》をしないままだった。その両手を顔の前で合わせている。

彼女が感動したように漏らした吐息《といき》が、白くなっていた。

「……寒くない？」

「うん、平気……楽しいから」

手をとると、随分《ずいぶん》と冷えていた。あかりが緊張《きんちょう》するのがその指先から伝わってくる。

「……蒼太君の手も、冷えてる」

「手袋、忘れてきたから」

「私も」


本当は、手を繋《つな》ぎたくて――。


二人は目が合うと、気恥《きは》ずかしくて笑い合った。

渡《わた》すタイミングは、今なのだろう。

ポケットに入れていた箱を手の中に包んでから、軽く息を吸って吐《は》き出す。

「あのっ、あかりん！」

思い切って呼ぶと、彼女が見上げてくる。

心臓がドキドキしすぎて、痛いくらいだった。

「ハッピーバースデー!!」

蒼太は取り出した小さなプレゼントボックスを、彼女の手のひらにのせる。

赤くなりながら、彼女の手とその箱を、一緒に自分の手の中に包み込んだ。

「……生まれてきてくれて、ありがとう」

小声で言うと、照れ隠しに笑って彼女の手をゆっくりとはなした。

あかりは箱を見てから、蒼太を上目づかいに見る。

「……中身、当てていい？」

ニコーッと笑った彼女の瞳が、楽しそうにきらめいていた。

「できれば、後にしてもらえると！」

この場で開けられるのは、かなり恥《は》ずかしい気がする。

「ん――っ、おそろいのリングっ！」

あかりは目をつぶって言ってから、スルッとリボンを解《ほど》く。

「わっ、それじゃ、サプライズに……っ！」

あわてる蒼太の前で、彼女は箱の蓋《ふた》を開いた。

リングが二つ並んでいるのを見ると、あかりが目を見開いて嬉しそうな顔をする。

蒼太は思わず片手で顔を押さえた。

「なんで……バレたかなぁ……」

ため息を吐《つ》きながらもらすと、あかりが肩《かた》をトンッとくっつけてくる。

「そうじゃないかと思ってたから」

彼女がイタズラっぽく笑う。

箱の大きさからして、リングであることは簡単に推測できたのだろう。

「もうちょっと、中身がわからないプレゼントにしておけばよかったかな？」

「ううん、これがいい」

あかりはそう言いながら、箱を大事そうに両手で包んでいた。

「そっか……じゃあ……サプライズ大成功、かな」

目を細めながら、蒼太は彼女の手をとる。その指に指輪をゆっくりとはめた。

もう一つのリングを、あかりが蒼太の指にはめてくれる。その手を合わせて、ギュッと繋いだ。

「念願だったの……この遊園地」

あかりはそう言って微笑《ほほえ》む。

「だから、蒼太君と一緒《いっしょ》に来たくて……」

（ああ、そうだったんだ……）

すっかり寒くなっているのに、胸の奥と、繋いだ手だけはじんわりと温かい。

（ほんと、幸せ者だなぁ……）

彼女がこの大切な日を一緒に過ごす相手に、自分を選んでくれたことが嬉《うれ》しくてたまらない。

「来年もまた、お祝いさせて」
「忙《いそが》しくても、約束ね」
蒼太はあかりの手を握《にぎ》りながら、「もちろん」と答える。

『蒼太君、プレゼントが足りません』
『……え？』

HAPPY　BIRTHDAY——。

（仲良くしてくれて、ありがとう……）

エンディング

七月最初の日曜日、夏樹は商店街の中にあるＣＤショップに来ていた。

店内で流れている曲を聴《き》きながら、棚《たな》を眺《なが》めていると探していたＣＤがあった。

「よかった～っ」

特典付きの初回限定版だ。すぐに手にとり、レジカウンターに持っていく。

「ラッピング、お願いします！」

そうお願いして、会計をすまし、店内で待っていた。

ラッピングバッグにシールを貼《は》っただけの簡単な包装なので、そう時間はかからない。

受け取って店を出ると、アーケードは休日を楽しむ人で賑《にぎ》わっていた。

（優、喜んでくれるかな……）

ＣＤの包みで、ついにやけそうになる口もとを隠《かく》す。

優が好きなバンドのアルバムで、今日発売されたばかりだからまだ持っていないだろう。さりげなくきいてみたところ、予約もしていないようだった。

包みをバッグにしまい、「ケーキ、どうしようかなー」と呟《つぶや》く。

あかりや美桜とよく行くパティスリーの前で足が止まった。

店の外には、ケーキの写真を飾《かざ》った看板が出ている。

（手作りにしたいけど……でも、失敗したくないし！）

夏樹は腕《うで》を組みながら思案する。

フルーツがたくさん飾られているケーキは、見るからにおいしそうでひかれる。

（でも、優はもうちょっとシンプルなケーキのほうが好きかも……私は断然、フルーツいっぱいのほうがいいけど）

真剣《しんけん》な顔をしてしばらく悩《なや》んでいた夏樹は、「やっぱり手作り！」と呟いてパティスリーの前を急ぎ足で通り過ぎた。

（大事なのは、気持ちだよ！　味は……まあ、二の次？）

「そうだ、美桜にケーキのレシピを教えてもらおう」

以前、美桜が作ってくれたレモンのシフォンケーキは爽《さわ》やかで、おいしかった。あれなら、優もきっと気に入ってくれるだろう。

本番に失敗しないように練習しておく必要もあるし、シフォンの型も必要だ。

いつも優にしてもらっているぶん、こんな時こそ思いっきりお返ししたい。

（去年の夏も大変だったしねー）

春輝に会うために、二人でアメリカまで行った時のことを思い出す。

雨の中、捜《さが》して迎《むか》えにきてくれた優の姿を思い出すと、笑《え》みがこぼれてくる。

（ほんと、心配かけちゃったよね……）


高校三年の夏祭りの時もそうだった。

あかりや美桜、春輝や蒼太、そして優が一緒だった。あの日も、夏樹はフラフラと夜店のおいしそうな匂《にお》いにつられてみんなとはぐれてしまった。

『夏樹！』

肩をつかまれて振《ふ》り向くと、ひどく焦《あせ》った優がそこにいた。

見つかったことにホッとしたのか、たこ焼きを頬張《ほおば》ったままの夏樹を見て気が抜《ぬ》けたのか、優は深く息を吐《は》くと、コツンッとおでこを合わせてきた。

『勝手に離《はな》れるなって』

その声と、すぐ近くで見つめてくる瞳《ひとみ》が優《やさ》しくて、どうしようと焦るくらいに胸の鼓動《こどう》が速くなった。

幼なじみの関係と、好きな気持ちのあいだで、まだ揺《ゆ》れていた頃《ころ》——。

夏祭りの帰りに、みんなで遠くから見た花火は忘れられない。

夜空を彩《いろど》る花火と、聞こえてくるそのかすかな音を。

『今度は近くで見ような』

そう言った春輝自身がアメリカに行ってしまったから、約束は果たされないままだ。


「また、みんなで集まりたいな」

アーケードを抜けて大通りに出ると、日差しが強かった。

眩《まぶ》しそうに空を見上げ、夏樹は笑みを浮《う》かべて歩き出す。


その時には、あの頃のように――。

The end
MILK

Honey Works
メンバーコメント！

Gom

意識した？

Gom

shito

東京サマーセッション小説化
ありがとうございます!!

この夏の物語は君を熱くする。

shito

ヤマコ
小説化ありがとうございます!!
『東京サマーセッション』
変わっていく環境と新しい生活
それでも高校生の時と変わらない
それぞれの想いや愛情を
たっぷり感じてもらえたら嬉しいです!!
ヤマコ
モゲラッタ
東京サマーセッション発売おめでとうございます!
登場人物が多いので誰描こうか迷ったんですが、この二人に。
いつかこの二人はお互い カップケーキと、花束
贈り合っちゃうんだろうな～～ クッソ～～!!
と言う気持ちで描きました。
妄想の産物です。
モゲラッタ

サポートメンバーズ！

Oji

いきなりで sorry.

読んでくれてありがとう!!

Gt. oji

Atsuyuki

青春の続き。

胸キュンが

鳴り止まないっ!!

Atsuyuki

ziro

花火大会は必ず

二人以上で行きましょう。

一人で行くと後悔します。

ziro

宇都圭輝

新刊発売おめでとうございます！

僕が20才くらいになった頃は大人になった

実感が無かったり、自分に出来る事って何だろうと

たくさん悩んだものです！

皆さんは素敵な大人になって下さいね♪

cake

中西

東京サマーセッションがアップされた日、ハニワチームで温泉に行ったのが良い思い出。

もう夏樹たちも大人になったんだね。

Gt 中西 ^^

Who's next?

BEANS BUNKO

「告白予行練習 東京サマーセッション」の感想をお寄せください。
おたよりのあて先
〒102-8177 東京都千代田区富士見2-13-3
株式会社KADOKAWA 角川ビーンズ文庫編集部気付
「HoneyWorks」・「香坂茉里」先生・「ヤマコ」先生・「島陰涙亜」先生
また、編集部へのご意見ご希望は、同じ住所で「ビーンズ文庫編集部」
までお寄せください。

告白《こくはく》予《よ》行《こう》練習《れんしゅう》
東京《とうきょう》サマーセッション

原案／HoneyWorks　著／香坂茉里《こうさかまり》

角川ビーンズ文庫　22318

令和２年９月１日　初版発行
令和５年12月20日　８版発行

発行者―――山下直久
発　行―――株式会社KADOKAWA
〒102-8177 東京都千代田区富士見2-13-3
電話 0570-002-301（ナビダイヤル）
印刷所―――株式会社暁印刷
製本所―――本間製本株式会社
装幀者―――micro fish

ISBN978-4-04-109994-0 C0193 定価はカバーに表示してあります。

角川ビーンズ文庫
スキキライ
超人気!!
キュンキュンボカロ曲制作チーム♪
HoneyWorks楽曲が
物語となって登場!!
原案/HoneyWorks
著/藤谷燈子
イラスト/ヤマコ
大好評発売中!!
illustration by Yamako
© Crypton Future Media, INC. www.piapro.net piapro

原案／HoneyWorks
著／藤谷燈子、香坂茉里
イラスト／ヤマコ、島陰涙亜
告白予行練習
シリーズ
青春系胸キュンボカロ楽曲の名手、
HoneyWorksの代表曲、続々小説化!!
1.告白予行練習
2.告白予行練習
ヤキモチの答え
3.告白予行練習
初恋の絵本
4.告白予行練習
今好きになる。
5.告白予行練習
恋色に咲け
6.告白予行練習
金曜日のおはよう
7.告白予行練習
ハートの主張
8.告白予行練習
イジワルな出会い
9.告白予行練習
僕が名前を呼ぶ日
10.告白予行練習
大嫌いなはずだった。
11.告白予行練習
ノンファンタジー
12.告白予行練習
ヒロイン育成計画
13.告白予行練習
東京サマーセッション
以下続刊
好評既刊

●角川ビーンズ文庫●

春日坂高校
漫画研究部
あずまの章
イラスト／ヤマコ、
島陰涙亜
胸キュン小説の名手・
あずまの章
×
HoneyWorks
ヤマコが贈る
青春ラブコメ！
最新４巻、好評発売中！
①第１号 弱小文化部に幸あれ！
②第２号 夏は短しハジケヨ乙女！
③第３号 井の中のオタク、恋を知らず！
④第４号 恋愛オンチは悪魔と踊る！

●角川ビーンズ文庫●

片恋アイロニー
隣の君とアオいハル
『トクベツ』を教えてあげる。
幼なじみのキミが、まぶしく見えるのはなぜ？
大好評発売中！
くらゆいあゆ イラスト 茶々《ちゃちゃ》ごま
隣の家の一威《いちい》を、ずっと弟のように思っていた蒼《あおい》。けれど高校で一威は目立つグループのリーダーになり、距離を感じる。そんなある日、蒼は一威の取り巻きから「側にいてウザい」と言われて……!?

●角川ビーンズ文庫●

ジャマしないでよ、
再生数100万回
めざして、
実況中!?
大《おお》神《がみ》くん！
大好評
発売中!
リア充イケメンには
要注意!?
WEB発 炎上上等(?)学園ラブコメ!
あずまの章 イラスト・夏芽もも
誰もが認める絶対的美少女――清見ヒロ子・16才。その正体は高校デビューの地味顔でチョー貧乏。お金のため、とある特技で動画を投稿したら一躍有名人に！　でもクラスの神イケメン・大神くんに"裏の顔"がバレて!?

5分後に泣ける、恋のショートストーリー11編！
サヨナラ、好きだった人。
5分後に失われる恋
恋する実行委員会 編　イラスト／山科ティナ
『どうか、叶えてください……』『私を好きになってほしかったなぁ』『あともう少しだけ、好きでいてもいいですか？』『失恋の先にも恋はある』
恋をした全ての人へ――思い切り泣けるショートストーリー11編収録！

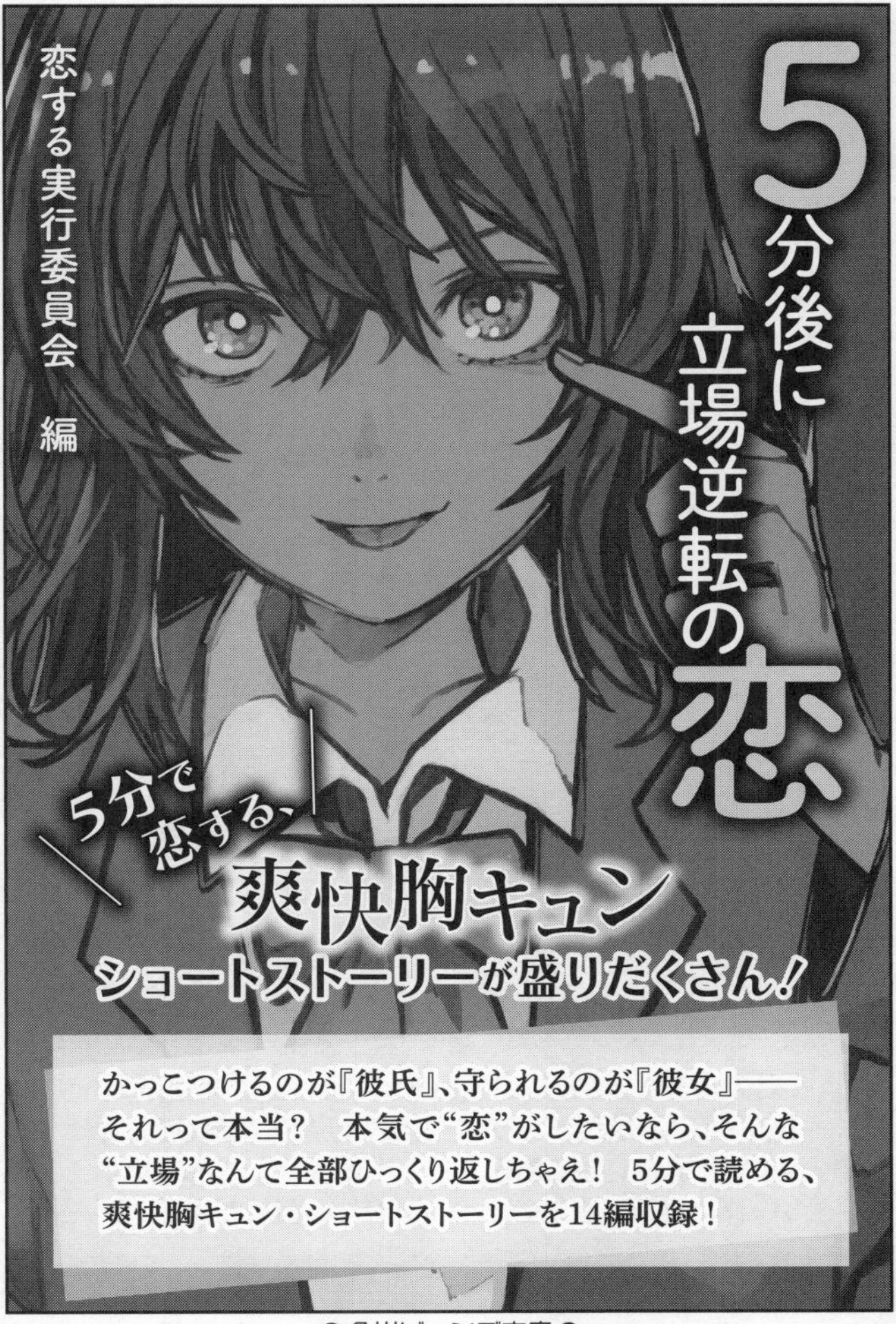
5分後に立場逆転の恋
恋する実行委員会 編
5分で恋する、
爽快胸キュン
ショートストーリーが盛りだくさん！
かっこつけるのが『彼氏』、守られるのが『彼女』——
それって本当？　本気で“恋”がしたいなら、そんな
“立場”なんて全部ひっくり返しちゃえ！　5分で読める、
爽快胸キュン・ショートストーリーを14編収録！

●角川ビーンズ文庫●

原案／40mP
著／西本紘奈
イラスト／たま
恋愛裁判《れんあいさいばん》
僕は有罪《ギルティ》？
超人気！40mP×たまが贈る、
胸キュン・ボカロ恋ウタを
完全小説化!!
クリプトン・フューチャー・メディア公認
歌楽坂高校１年の美空は、裁判官にあこがれる優等生。なぜか学校の人気者、バンドマンの柊二と"仮"交際することに。だが、柊二の「浮気」現場を見た美空は…!?
絶賛発売中！
ill. by たま © Crypton Future Media, INC. www.piapro.net piapro

●角川ビーンズ文庫●

「脳漿炸裂ガール」「厨病激発ボーイ」に続く、
新たなる、れるりりワールド!!
僕がモンスターになった日
ureshino hayato
himawari tsukasa
syodo mamoru
原案：れるりり
(Kitty creators)
著：時田とおる
イラスト：MW
(Kitty creators)
①②巻
大好評
発売中!!
疾斗が目を覚ますと、幼なじみの護、美少女・つかさ、生徒会長の悠弦、お調子者の功樹の姿が。共通点はゲームで『レベル99』になったこと。そこで突然モンスターに襲われ、魔王を倒すまで出られないと知り……!?
角川ビーンズ文庫

「嘘《うそ》恋《こい》シーズン」
#天王寺学園男子寮のヒミツ
あさば深雪《みゆき》
イラスト／美麻《みあさ》りん
女の子ってバレたらアウト！
キケンな男子寮ライフ
スタート！
全寮制の天王寺学園に、理事長の息子・春臣（♂）の身代わりに男子として入学することになった地味女子の私・テマリ。学年首席の夏、武道一筋の冬馬、モデルの秋人とのキケンだらけの男子寮ライフ、一体どうなるの？

●角川ビーンズ文庫●